復讐は恋の始まり

リン・グレアム

漆原　麗 訳

ハーレクイン
SP文庫

THE CONTAXIS BABY

by Lynne Graham

Published by Harlequin Japan,
a Division of K.K. HarperCollins Japan, 2025

リン・グレアム

北アイルランド出身。10 代のころからロマンス小説の熱心な読者で、初めて自分で書いたのは 15 歳のとき。大学で法律を学び、卒業後に 14 歳のときからの恋人と結婚。この結婚は一度破綻したが、数年後、同じ男性と恋に落ちて再婚するという経歴の持ち主。小説を書くアイデアは、自分の想像力とこれまでの経験から得ることがほとんどで、彼女自身、今でも自家用機に乗った億万長者にさらわれることを夢見ていると話す。

◆主要登場人物

リサ・デントン……………令嬢。通称リジー。
モーリス・デントン…………リサの父親。
フェリシティ…………………リサの継母。コナーの元愛人。
セバスティン・コンタクシス……社長。
コナー・モーガン……………セバスティンの義弟。リサの元恋人。故人。
イングリッド・モーガン………コナーの母親。セバスティンの父親の元愛人。

1

お悔やみを言うためにセバステン・コンタクシスが歩み寄ると、ひとり息子を亡くしたイングリッド・モーガンは金髪の頭を彼の胸にうずめてむせび泣いた。

ブライトンにあるタウンハウスの応接間に集まっていたほかの弔問客たちは、セバステンに好奇の目を向けた。背が高く、がっしりした体格、力と権威を象徴するようなブロンズ色の顔。ギリシアのエレクトロニクス業界に君臨する彼が、なぜ弔問に訪れたのか？客たちは外に止めてある豪華なリムジンと二人の大柄なボディガードを目ざとく見つけ、低い声で話し始めた。

セバステンは目を伏せ、イングリッドが泣きやむのを待ってから尋ねた。「落ち着いて話ができるような場所はないかな？」

イングリッドは顔を上げた。「まだわたしのことを心配してくれているの？」かつて美しかったその顔には生々しい苦悩が刻まれている。「もういいのよ。コナーは行ってしまったわ、わたしの過去に苦しまなくていい世界へ……」

イングリッドはセバステンをこぢんまりとした書斎へと案内し、二人分の飲み物をついだ。昔からほっそりしていた彼女はすっかりやつれ、いかにも五十代という感じがする。イングリッドはセバステンの亡き父の愛人だった。

セバステンは少年時代、学校が休みになると父親の所有するギリシアの島に出かけ、そこで彼女とその息子コナーと一緒に過ごした。両親の離婚、そして母親との離別と、暗い少年時代を過ごしたセバステンにとって、それは数少ない楽しい思い出だった。

五歳年下の金髪のコナーは朗らかで恐れを知らず、当時は実の兄弟のようにセバステンにつきまとった。長じてからはポロの選手として活躍し、女性のみならず男性にも好かれる好青年となった。セバステンが最後にコナーと会ってから、もう一年以上がたっていた。

「あの子は殺されたのよ……」イングリッドは声をひそめて言った。

セバステンは黒い眉を寄せたものの、何も言わなかった。コナーの死は、飲酒運転による事故ではなく、自殺だといううわさが流れている。愛する者をこんな形で失うほどつらいものはない。イングリッドは誰かに聞いてもらいたいのだろう。黙って耳を傾けるのがいちばんだ、と彼は思った。

「わたしはリサ・デントンが気に入っていたの……あのおしゃべりな小悪魔に会ったとき、いい娘さんだと思ってしまったのよ！」イングリッドは苦々しげに言葉を吐きだした。だが、セバステンは無言のままだ。彼女は声を震わせて続けた。「コナーがわたしに気軽に心を開かなくなったとき、息子が恋に落ちたと知ったの。つらかったけれど、あの子ももう二十四歳……だから、わたしもあえて聞きだそうとはしなかった」

「リサ・デントンだって？」セバステンは話題をそらそうとした。

イングリッドの傷ついた青い瞳に厳しい光が宿った。「甘やかされて育ったお金持ちのお嬢さんで、男性を手玉に取るタイプよ！　リサに会って三カ月とたたないのに、コナーはのめりこんでいたわ。挙げ句の果て、あっさり捨てられたのよ。リサったら、二週間前のパーティで、コナーの目の前で別の男性とこれ見よがしに……。あの子のお友だちが何もかも教えてくれたわ！」

セバステンはイングリッドが落ち着くのを待った。

「リサは電話にも出ようとしなかったから、コナーはどうしようもなかったの」彼女はすすり泣いた。「眠れなくて夜中にドライブに出かけ、そして塀に激突したのよ！」

セバステンはイングリッドに腕をまわして慰めながら、怒りがこみあげてくるのを感じた。そんな小悪魔の手にかかったら、コナーなどひとたまりもなかったに違いない。

「コナーはあなたの母親違いの弟だったのよ……」

セバステンははっとしてイングリッドと目を合わせた。彼女の瞳には挑むような炎と罪の意識が浮かんでいた。

「いや……それはありえない」セバステンのショックはあまりに大きかった。今ごろ知らされても、僕にはもはや何もできない。

イングリッドはひどく取り乱し、泣きだした。そんな彼女をセバステンは見ず知らずの人を見るような目で眺めていた。

イングリッドはセバステンの父アンドロスにはその話をしなかった。コンタクシス家をスキャンダルから守るためなら、アンドロスはどこまでも冷酷になれることを知っていたからだ。「アンドロスに妊娠を告げたら、きっと中絶させられていたわ。だから彼と別れ、一年半後に戻ってきたの。よりを戻したいって頭を下げてね……結局わたしは元のさやにおさまったわ！」イングリッドは顔を輝かせたが、すぐに目を伏せた。

「どうして今になって僕に話した？」セバステンは顔をこわばらせ、語気鋭く問いただした。コナーの死は一瞬にして、単なる悲しみから、はらわたをえぐられるような悲劇へと変わってしまった。イングリッドが秘密にしていた理由はわかっている。話したあとのことを恐れたからだ。彼女はコナーがアンドロスの息子であることをひた隠しにして、アンドロスを愛し続けていたのだ。

「リサ・デントンに報復してほしいからよ……」イングリッドはセバステンの瞳を見つめた。「どんな手を使ってもいい。世界屈指のお金持ちのあなたなら、何か方法があるでしょう」

「断る」ギリシア人のセバステンは言下に答えた。彼は一九三センチの長身をそびやかし、暗く金色に光る瞳でイングリッドを見すえた。「僕はコンタクシス家の人間だ。誇りというものを持っている」

数分後、セバステンはイングリッドの家をあとにした。リムジンに乗りこみ、ウイスキーをダブルで飲み干す。浅黒くハンサムな顔はこわばり、血の気が引いていた。イングリッドの話は事実に違いない。コナー……ここ数年は二度ほど、ポロの試合でたまたま会っただけだった。僕ならあいつを守ってやれたと思う。リサ・デントンのような女の扱い方も教えられただろう。人望が厚いコナーは裕福な友人に恵まれていたが、彼自身はひどく貧乏だった。リサはその点に気づいたのだろうか？　それとも、恋愛に未熟なコナーにうんざりしたにすぎないのか？　男性をとっかえひっかえして戦利品のように扱うなんて、どんな女性なのだろう。

イングリッドを見ていると哀れを催してくる。だが、長年ギリシアに住んでいながら、彼女は肝心なことがわかっていない。男とは、一家の名誉について女性と議論したり、女性を個人的な問題に巻きこんだりしないものなのだ……。

書斎の窓から外を眺めていたモーリス・デントンは、やせてハンサムな顔に厳しい表情を浮かべ、娘を振り返った。

「おまえのしたことは許しがたい」

リジーは真っ青になった。「許してって頼んだわけじゃないわ……。コナーとのことはわたし自身の問題だもの」

「物事には限度というものがある。おまえはそれを越えた。父親として恥ずかしい限りだ」

「ごめんなさい」リジーは声が震えるのを抑えることができなかった。父親の最後の言葉がひどくこたえた。「心から悪かったと思っているわ」

「今さら謝っても遅い。どうしても許せないのは、おまえが母さんに与えた精神的苦痛だ。おまえの残酷な仕打ちのせいでコナー・モーガンが死んだといううわさが広まるにつれ、わたしたち夫婦まで世間からつまはじきにされていくんだぞ」

「パパ——」

「いまわしい話がタブロイド紙に載って以来、フェリシティは夜もろくに眠れないんだ！」モーリスは声を荒らげた。

リジーは顔をそむけた。父の若く美しい後妻フェリシティが眠れないのは事実の発覚を恐れているせいだ、と反論することもできた。でも、パパの世界はフェリシティを中心にまわっている。事実を話して父の結婚生活を台なしにしてしまうなんてできない。未来の弟か妹にも影響を及ぼすかもしれないでしょう？

「おまえのせいで、フェリシティは今まで友人と思っていた人々から白い目で見られている。それが妊婦にとって健康的な環境と思えるか？」モーリスはたたみかけた。

「コナーとのおつき合いをやめただけよ。ほかには何もしてないわ」父親からこれほど責められたのは初めてだった。リジーは傷つき、とまどい、自分の行為を正当化するにふさわしい言葉を見つけられずにいた。「彼が亡くなったのはわたしのせいじゃないわ。わたしとは全然関係ない問題を抱えていたのよ！」

「フェリシティはけさ、静養のためコテージへ行った。彼女は今、わたしが見守ってやらなければならない状態なんだ。わたしは何よりも妻と生まれてくる子どもに責任を負っている。それで、結論を出した。おまえにはこの家から出ていってもらう。小遣いも打ち切りだ」

今まで父親に守られてきたリジーの世界は根底から揺さぶられた。継母《ままはは》のせいで、わたしが狼《おおかみ》の群れの中に追いやられるなんて。リジーは幼いころから敬愛してきた父親を不信の目で見つめた。わたしは自分を犠牲にしてまでも、パパを苦しめまいとしてきたのに。モーリスは愛情深い父親だった。リジーが五歳のときに母が亡くなり、それから十五年もの間、父と娘は特別な絆《きずな》で結ばれてきた。だが、モーリスがフェリシティと出会った日を境に、親子の絆は徐々に崩壊し始めた。フェリシティはデントン家に君臨してしまったのだ。

「罰として言っているわけじゃない。わたしはそこまで愚かではないと思っている」モーリスは重々しく言った。「だが、おまえを甘やかしすぎた結果、おまえは人の気持ちを考えられなくなり――」

「そんなことないわ……」

「いや、残念ながら事実だ。おまえを世間に出して自立させるのが、わたしが施せる最良の教育だと思う。流行の服を着てチャリティの集いに顔を出すのが本当の仕事だ、などと考えているようでは――」

「でも、わたしは――」

「チャリティの集いにおまえがいるだけで、まともな人間は気分が悪くなってくるというものだ！」

机の上の電話が鳴り、リジーは反論するのをためらった。父親は受話器を取り、言いたいことはそれだけだと娘に短くうなずいてみせた。父親が嫌悪感をあらわにしているのが骨身にこたえる。リジーは安全な自分の聖域へと足どり重く戻った。それは厩舎《きゅうしゃ》を改築した離れで、母屋の裏に立っていた。

ショックのあまり、リジーはしばらくぼうっとしていた。この十日間、思いもよらないことが次々に起こり、頭が悲鳴をあげかけている。二週間前には、コナーの誕生日にバリ島旅行をプレゼントしようと決めていたのに。そういえば、旅行の予約を取り消すのを忘れていたわ。お金をだいぶ無駄にしてしまった。ああ、お金の心配なんかするのは初めてだわ。お小遣いが足りなくなっても、クレジットカードが使えなくなったためしはない。これからは全部自分で払っていかなければならないのね……。

　でも、お金なんてどうだっていい。問題は、父を継母に奪われてしまったことよ。きれいで繊細なフェリシティ。彼女はコナーに愛されていた。コナーは彼女にふられておかしくなってしまったのに。

　最高の友人と信じ、将来の夫とも考えていた男性が、わたしの継母との奔放な関係を隠す手だてとしてわたしを利用していたとは！　嗚咽《おえつ》がこみあげ、リジーは口を手で覆った。鏡に自分の姿が映っている。背は高すぎるし、やせすぎで、フェリシティみたいに女らしくセクシーな曲線などまるでない。コナーを魅了できなかったのも無理ないわ……。

　コナーにとって、人妻との情事の代償はあまりにも高すぎた。亡くなった彼を憎むなんて、どうかしている。そのうえ、バリ島でこの骨張った体を彼にささげなくてよかったなどと思ってしまうなんて。わたしの体を見たら、コナーは逃げだしたでしょうよ！

　家政婦のミセス・ベインズが戸口に現れ、おろおろしながら言った。「荷物をまとめるようお父さまに言われたんですが」

「そう……」無情な鏡が、青ざめた肌に浮かぶそばかすをはっきり映している。リジーは平静を装い、家政婦の不安をやわらげようとした。「大丈夫よ。もう大人だもの、なんとか生きていけるわ」

「あなたを追いだすのは見当違いです」ミセス・ベインズの剣幕にリジーは驚いた。彼女は長年デントン家で働いているが、雇主を批判したことなど一度もなかった。

「ただの家族げんかよ」リジーはぎごちなく肩をすくめた。思いがけない同情に、彼女はうれしさと同時にとまどいも感じていた。「あ、あの……シャワーを浴びてくるわ」

リジーはバスルームに身をひそめ、携帯電話でいちばん仲のよいジェンに連絡をとった。快活なジェンが電話に出ると、リジーは明るい声で言った。

「ジェン？　ねえ、二、三日そちらに下宿させてもらえない？　パパに出ていけって言われたの！」

「からかってるの？」

「とんでもない。今、うちの家政婦がわたしの荷物をまとめていて――」

「あなたは衣装持ちだもの、荷造りは夜明けまでかかるわよ！」ジェンは笑った。「いいわ。今夜はどこかへ出かけて、悲しみを分かち合いましょう」

リジーは顔をしかめた。「パーティに行く気分じゃないわ」

「今、あなたにはああいう雰囲気が必要なのよ。でも、二カ月くらいしかつき合っていなかったのに、どうして彼はお酒を飲んで車をぶつけるほど思いつめちゃったのかしらね？」

下心が見え見えね。リジーは気が重くなったが、ほかに行く当てもない。コナーの友人たちが事故の話を広めてから、誰も電話をかけてこなくなった。今後の身のふり方を考える空間が欲しい。でも、今の懐具合では、ホテルに泊まるのは無理だ。軽さで有名なジェンが一緒なら、気持ちが晴れるかもしれない。街でにぎやかな夜を過ごせば、この押しつぶされそうな思いも少しは救われるだろう。

「働くですって?」リジーを寝室に案内したジェンは、さもけがらわしいという調子で目を丸くした。その寝室は七個のスーツケースを入れてもベッドのまわりを歩けるほど広かった。「働くって……何をして? お父さんの気持ちがおさまるまでうちにいなさいよ。あなたもわたしも役に立たない飾り物で、いずれは誰かの奥さんになるんだから」

「わたしは自立するつもりよ」リジーは顎をつんと上げた。「甘やかされて育ったお嬢さんじゃないって証明したい――」

「でも、事実でしょう。今までまともな仕事をしたことがないんだから!」金髪で小柄なジェンはセクシーで、淡い茶色の瞳を引き立たせるために、いつも四重以上にマスカラを塗っている。「髪や爪の手入れはいつするの? お友だちと三時間のランチを楽しんだり、一週間も南の島の海岸に行ったりする暇だってなくなるのよ。仕事なんてぞっとするわ」

確かにぞっとする。だが、まともな仕事をしたことがないと言われ、リジーはおもしろくなかった。チャリティの宣伝に携わっていた彼女は、困っている人たちの話をして富裕層の心を動かし、多額の資金を集めていた。そういう才能には長《た》けていた。しかし、午前九時から午後五時まで上司の命令を受け、生活費や小遣いを稼ぐために働くという経験はない。だからといって、その手の仕事ができないとは言い切れない……。

四時間後、リジーはすっかり意気消沈していた。今流行《はやり》のクラブに繰りだしたところ、二つ向こうのテーブルに集まっていたかつての友人たちが、彼女の服装を口々にけなしたのだ。リジーが着ていたのは衝動買いした服だった。たったひとりの友人と思えるジェンは、いつもオレンジジュースを頼むリジーにウオツカを注文し、自分はテキーラ・サンライズを二杯飲んで、さっさとほかの人のほうへ行ってしまっていた。

身の置きどころがなくなり、リジーは化粧室へ行った。鏡を見つめ、こんな格好をするべきではなかったと悔やんだ。ジェンに言いくるめられ、白いホールターネックのトップと短いスカートを選んでしまったが、露出度が大きすぎる。もっとも、実際には着ないのに、リジーは大胆な服をよく買っていた。それにしても、どうしてこんな服を買ってしまうのだろう、とリジーが思ったとき、話し声が聞こえてきた。

「よくのこと来られたものね。まったく気が知れないわ！」

「彼女がいかに薄情かって証拠よ」

「トムがジェンに注意しているわ。リジーとつき合っていると友だちをなくすよって」

「よくもコナーにあんな仕打ちができたわよね。彼ってすごく楽しくて優しい人だったたのに……」

リジーは目の奥がつんとなり、慌てて化粧室を飛びだした。テーブルに戻るや、グラスの中身を味わいもせずに飲み干す。さっきの声の主はかつての友だちだった。つい何週間か前まではひっきりなしに誘いがかかり、分身が欲しいくらいだったのに。早く帰りたい。でも、帰ると言えばジェンは怒るに決まっている。

確かにコナーは優しそうだった。優しい人だと信じていた。うちの田舎のコテージで彼がフェリシティとベッドを共にしているのを見るまでは……。

その週末、コテージに大勢の友人を招くつもりでいたリジーは、寝具がそろっているか確かめておこうと思い、ひとりでコテージに出かけた。二十五歳の誕生日をバリ島で過ごそうと言ったら、コナーはどんなに驚くだろう。そんなことを考えながら、彼女は陽気な気分に浸っていた。

コナーはフェリシティの車でロンドンから来たに違いなかった。だが、車はガレージの裏に止めてあったため、リジーはコテージに先客がいるとは思わなかった。

コテージの階段をのぼっていたとき、妙な音が聞こえてきた。衣《きぬ》ずれのような音とうめき声。リジーはぞっとした。経験のない彼女は愛の営みが行われているなどとは夢にも思わず、窓の隙間《すきま》から風でも入っているのだろうと考え、階段をのぼりきった。そのとたん、リジーは凍りついた。踊り場からすべてが見渡せた。自分のボーイフレンドと継母が主寝室の四柱式ベッドで激しくからみ合っている姿が。

フェリシティは快感に浸っているというより、苦悶《くもん》しているように見えた。コナーは息をはずませながら、熱い思いのたけを伝えていた。〝あと一週間も君に会えないなんて耐えられないよ〟

リジーの姿に気づいたフェリシティは空色の目に涙をため、おとぎばなしの王女さながらに哀れな犠牲者を演じてみせた。

フェリシティは泣けばすむと思い、何かにつけて泣いた。ディナーの準備が思うようにできなかったというだけで、〝わたしがいけなかったのよ〟と言って泣き、夫が一週間パリに連れていってあげようと約束するまで、泣くのをやめなかった。

コナー・モーガンとベッドにいるところをリジーに見つかったときも、同じ調子で泣いた。涙をぽろぽろこぼすばかりで、鼻も目も赤くならない。リジーなら、泣きわめき、顔をぐしょぐしょにしてしまうのだが。

リジーは出ていってと言い放ち、二人が立ち去ってからシーツ類を裏庭で燃やした。つまらないことをしたと今にして思う……。

ジェンがダンスに誘いに来た。リジーは必死の思いで笑みを浮かべてみせた。

セバステンは、せりだした二階の桟敷席で、クラブの経営者と並んで階下の人の群れを眺めていた。

「デントン家のお嬢さんなら、来店されたときにすぐわかりましたよ……」

経営者の言葉を聞いて、セバステンの暗い瞳にあざけりの色が浮かんだ。葬儀から四十八時間しかたっていないというのに、リサ・デントンはもう遊び歩いている。コナーを破滅に追いやった張本人の人間性が知れるというものだ。

「さほどきれいでもなし、まあ、わたしの好みじゃありませんな」年上の経営者は笑った。

セバステンは白い歯をきしらせた。リサ・デントンがどんな顔なのか知りたいだけで、さしあたり、それ以外の目的はなかった。コナーをあんな目に遭わせた代償を支払わせてやる。だが、セバステンは事を急いだためしがなく、自分を傷つけた者にはそれとわからぬように報復するのが常だった。

セバステンの視線が一階のダンスフロアに向けられた。彼の目は瞬時にライトを浴びて踊っているすらりとした女性に釘《くぎ》づけになった。マーマレード色の長く豊かな髪が、むきだしの肩のまわりで舞っている。彼女が投げやりな感じでのけぞると、セバステンの体を言い知れぬ興奮が駆け抜けた。異国ふうの趣を持つ頬の輪郭、夢見るような大きな瞳、みずみずしい桃色の唇。彼女の美しさは独特だ。白いホールターネックのトップはきらめき、なめらかな腹部が見えている。スカートのベルトはかなり太く、しなやかで形のよい脚は少なくとも九十センチはあるだろう。なんともゴージャスな女性だ。

セバステンは注文していた飲み物を受け取るときも、彼女から片時も目を離さなかった。あからさまな欲望が渦巻く。今夜は決してひとり寝することはないだろう……。

「彼女ですよ……あの金髪の……」

リサ・デントンのことを思い出し、セバステンは経営者が指すほうを見た。マーマレード色の髪の女性の隣に小柄な金髪の女性がいた。胸の谷間はグランドキャニオンを思わせる。コナーはあの胸にのぼせあがったのだろう。だが、僕はああいったものにはなんの感銘も受けない。

ジェンはリジーの肩に触れ、最初に二人で座っていた席のほうへ促した。テーブルに着くなり、ジェンは口を固く結んで振り返った。「思ったんだけど……あなたがわたしと一緒にいるのはよくないんじゃないかしら……」

リジーは化粧室で立ち聞きした話を思い出し、暗い気持ちになった。「誰かに言われたの？」

「落ち着いて話しましょう」ジェンは弱々しい笑みを浮かべた。「あなたの今の状況は本当に大変だと思うわ。でも、わたしだって自分のことも考えなくてはならないし、それに――」

「わたしと同じような扱いを受けたくないんでしょう？」

リジーののみこみの早さに、ジェンはほっとしてうなずいた。「しばらくホテルに泊まっておとなしくしていなさいよ。荷物は明日取りに来たらいいわ。来週の今ごろは、みんなもコナーのことは忘れて、別の話で盛りあがっていると思うわ」そう言って、彼女はテーブルを二つ隔てた敵の陣地へ行ってしまった。

取り残されたリジーは泣き崩れてしまうのではないかと怖くなり、踵《きびす》を返して混雑しているダンスフロアに戻った。ここにいれば誰からも見られないですむ、と思ったのだ。

頭がまともに働かない。リジーは考えるのをあきらめ、激しいビートに身を任せた。ふと、涙に潤んだ目が二階の桟敷席に通じる階段にたたずむ男性をとらえた。彼女はなぜか、またもや打ちのめされた気分になった。その長身で黒髪の男性は、パートナーのいない女性たちの注目の的となっていた。連れのいる女性たちですら、パートナーの肩越しにその男性を盗み見している。

わたしのことなど見向きもしないタイプね。脚を見て興味をいだいても、ぺしゃんこの胸とそばかすを見たら顔をしかめるに決まっているもの。

そのとき、男性が原始的な欲望に満ちた視線をリジーの胸のあたりに注いだため、彼女はいたたまれなくなった。彼がほかの女性には目もくれず、まっすぐわたしのもとへ来てくれたら、ジェンや彼女の仲間たちの鼻を明かしてやれるのに。

夢はすぐに砕け散った。リジーは己の心の弱さが恥ずかしくなり、バーのほうへ向かった。ほかにすることがなかった。

だが、バーに到達する前にいきなり誰かに手を取られ、リジーはぎょっとした。

「僕に……」

太く、ため息が出るほど男性的な声がリジーの耳もとでささやいた。

僕にって……何を？　振り返ったリジーは、相手に見下ろされるという珍しい体験をした。背の高い彼女は、相手を見あげることなどほとんどなかったのだ。今、金色に輝く黒い瞳がこちらを見下ろしている。リジーは驚きのあまり息もできず、その場に立ち尽くした。

階段に立っていたあの男性だった。間近に見る彼は、遠くから見るよりはるかにすばらしい。背も予想よりずっと高い。男の中の男としか言いようがないほど魅力的で、リジーは目の前の男性を見つめるばかりだった。

男性は長い褐色の指を鳴らして後ろにいた誰かに声をかけ、リジーを促して歩き始めた。

「わたし、そばかすがあるの……」彼が気づいていないのかと思い、リジーは小声で告白した。

「数えるのが楽しみだよ」男性はほほ笑んだ。

カリスマ性を帯びたそのまばゆい笑みに、リジーの心臓は電気ショックを受けたように飛び跳ねた。

「そばかすが好きなの？」

「返事は明日しよう」

セバステンは楽しそうに喉を鳴らした。

2

リジーが座っていたテーブルにセバステンが近づいていくと、彼のボディガードたちはその場にいた客たちを追い払った。ウエイターも二人飛んできて、からになったグラス類を片づける。

彼の権力を見せつけられ、リジーは驚いた。クラブのオーナーかしら？　そうとしか考えられない。バーはとてもこんでいるのに、ボディガードが合図したら飲み物がさっと運ばれてくるのだから。

彼は優雅な身ごなしでテーブルの向かい側に腰を下ろしたが、リジーはなおも彼を見つめていた。引きしまったブロンズ色の顔、高い頬骨、細く典雅な鼻、見るからに意志の強そうな顎。眉はきりりとして、髪と同じ色の黒い瞳は豊かなまつげに縁取られて輝いている。彼にまた笑いかけられ、リジーの鼓動が速くなった。しかし、魅力のない自分がなぜ選ばれたのかという疑念もつきまとっていた。

「僕はセバステン。セバステン・コンタクシスだ」

まったく心当たりのない名前だったが、周囲の人たちの態度を観察していたリジーは、ここは知っているふりをするべきだと判断し、彼にうなずいてみせた。「わたしはリジーよ……。あなた、ロンドンの方ではないでしょう?」

当然だと言わんばかりにセバステンは笑みを浮かべた。「もちろん。でも、この街はとても気に入っている。リジーだって?」

「家族や親しい友だちからはそう呼ばれているの」食い入るように見つめる黒い瞳と目が合い、リジーの体に戦慄《せんりつ》が走った。この人はわたしが好きになるタイプではない。浅黒くハンサムな顔には強靱《きょうじん》な意志が刻まれ、全身から発散される傲慢《ごうまん》なオーラは危険に満ちている。でも、いちばん恐ろしいのは、くすぶった瞳に浮かぶ性的な欲望だ。

「君も感じたと思うが、僕たちは気が合いそうだ」

低い声でささやくように言われ、リジーのこわばった背筋はかすかに震えた。息が喉の奥でからまり、内なる声が、誘いに乗ってはだめ、と警告を発する。でも、このまま彼と別れたくない。こんな気持ちになったのは初めてのことで、リジーはショックを受けた。

彼女の頬が赤くなっていくさまを、セバステンは驚きをもって見つめていた。顔が赤くなるとそばかすは目立たない。いきなり目を伏せて顔をそむけるさまは、エレガントとは言いがたく、ぎこちない。洗練された挑発的な服を着てはいるものの、セバステンには一瞬、彼女がひどく幼く傷つきやすい女性に感じられた。

「ほほ笑んでごらん……」この女性はいったい何歳なのだろう、と彼は思った。

彼女の豊かな唇の端がごく自然に上がる。その飾り気のない、とまどったような笑みを見て、セバステンは彼女の魅力に圧倒されてしまった。

「あなたのお相手としてはあまりふさわしくないわね」リジーは詫《わ》びるように言った。

セバステンはすっと立ちあがり、彼女を見下ろしつつ手を差し伸べた。「踊ろう」

席を立ったリジーは、かつての友人たちが注目しているのに気づき、顎をつんと上げ、むきだしの肩をいからせた。すてきな男性と一緒にいるのを見られるのは気分がいい。ひとりぼっちで軽蔑《けいべつ》のこもった哀れみの対象にされるよりも。

コナーと一緒だったときも、こんな気持ちだった……。その自信を彼に打ち砕かれたのが思い出され、リジーは鋭く息をのんだ。まじめで正直な人だとばかり思っていたのに。

コナーは時折キスをするだけで、それ以上進もうとはしなかった。君を尊敬しているからだよ、という言い訳をリジーは信じていた。なんてうぶで間抜けだったのかしら。美しい継母《ままはは》とコナーが愛し合っていた事実を知り、リジーは人の言葉をたやすく信じてしまった自分が情けなくてたまらなかった。

力強い腕が腰にまわされ、リジーはセバステンの筋肉質の体に引き寄せられた。熱いものが全身に広がる。

「君はいくつなんだ?」セバステンが迫力に満ちた低い声で尋ねた。彼は、女性が彼以外のものに気を取られているという状況に慣れていなかった。

　彼がそんな声を出したのは、バックに流れる音楽のせいだとリジーは思った。「二十二歳よ……」

「恋人はいるのかい？」つき合っている男性がいるから僕に媚《こ》びようとしないのか。そう思ったとたん、セバステンは原始的な所有欲に駆られた。

　混雑したダンスフロアで躍っているのはセバステンとリジーだけだった。彼の腕の中で金色に光る瞳を見あげ、リジーの胸は高鳴った。いまだかつて味わったことのない熱いものが体内で渦を巻いている。

「恋人ですって？」音楽にかき消されまいと、リジーは彼の肩に手をかけ、爪先だってきき返した。

　セバステンは周囲の目などまったく気にせず、もう一方の腕をリジーのほっそりした肩にまわした。かすかな震えが伝わってくる。セバステンの口もとに満足そうな笑みが浮かんだ。「いたってかまわないよ。どのみち君は僕のものになるんだから……」

　セバステンは腰に腕をまわしたままリジーの体の向きを変え、階段のほうへ歩きだした。

　君は僕のものになる。そんなせりふを男性の口から聞くのは初めてだった。リジーは男性から欲望の対象として見られたことはほとんどなく、もっぱら姉のように慕われていた。たいていの男友だちよりも背が高いうえに、はにかんだりせず、率直にものを言うせいだろう。悩みを打ち明けられることも多い。コナーとつき合うまで、リジーの異性関係は友情の域を越えない淡々としたもので、別れるときもお互いさばさばしていた。己の欠点を意識して苦しんだり屈辱を味わったりすることもなかった。打ちのめされた今のわたしには、セバステンこそが必要なのよ。リジーは自分に強く言い聞かせた。

セバステンは階段をのぼり、二階のVIPルームにリジーを連れていった。この部屋を使えるのは選ばれたごく少数の者だけだ。ふかふかの高価な絨毯《じゅうたん》に豪華な革張りのソファ、部屋の一画には専用のバーまで備わっている。

「ここなら静かに話ができる」

リジーはセバステンを見つめた。グレーのスーツは最高級の仕立てで、シルクが微妙な輝きを放っている。彼が着ると堅苦しさは少しも感じられず、顔立ちと背の高さをいっそう引き立てる。

「このクラブのオーナーなの?」リジーは尋ねた。

「いや」セバステンは驚いて彼女を見やった。

「じゃあ、どういう人? この店で特別待遇を受けているでしょう?」きかずにいられなかった。

「知らないのかい?」セバステンのブロンズ色の顔に楽しげな表情がよぎった。自分の正体を知らない人間と出会うのは、彼にとって珍しい体験だった。「僕はビジネスマンだ」

「新聞の経済欄は読んでいないの」リジーは口ごもった。

「読む必要もないんだろう？」

「頭がからっぽだとは思われたくないわ」

自分の腕一本で地位と名声を得たモーリスは、自分の建設会社に娘が関心を持つのを嫌った。リジーは十代のころ、大学でビジネスを学んで仕事を手伝いたいと言って父親に笑い飛ばされ、傷ついたことがある。モーリスにとっては、彼の経済力で娘を遊ばせておくのが誇りだったのだ。

「君は美しい……特に赤くなって、そばかすが見えなくなるとね」セバステンはからかった。

「やめて……」リジーは両手で顔を覆った。

セバステンはバーのカウンターからグラスを取り、リジーに渡した。彼女は片手を顔から離して受け取りながら、彼の端整な顔をうっとりと見つめた。本当にわたしが美しいと思っているのかしら？　嘘《うそ》ではないと信じたい。人から楽しいとか明るいとか言われることはよくあるけれど、美しいと言われたことは一度もない。リジーは頭がくらくらするのを感じつつ、グラスを口に運んだ。

「とても美しく、物静かだ」彼はさらに言った。

「男の人って自分のことを話したがるでしょう……。わたしは聞き上手なのよ」リジーは冗談で応じた。「今週は何がいちばん印象に残っているの?」

セバスチャンの瞳がつややかな黒いまつげに隠れた。「葬儀のあとで人から聞いた話だ」

リジーはぎくっとして、開きかけた豊かな唇をすぐに閉ざした。

「コナー・モーガンの葬式だ」セバスチャンはそこで言葉を切り、リジーの顔が青ざめていくさまを満足そうに見つめていた。心の冷たい女性は好きになれない。目の前の女性が繊細な心の持ち主であることは明らかだ。「彼を知っていたのかい?」

リジーは胃が引きつるのを感じたが、顔を上げたまま答えた。「さほどよく知っていたわけじゃないの……」

事実だった。リジーはコナーの心の表面をなぞったにすぎなかった。彼の社交的な性格にだまされ、表向きの顔だけを見て満足していた。彼が嘘つきで、人をだましてもなんとも思わない性格だとは夢にも思わなかった。

「僕もだ……」

セバスチャンの太く低い声に、リジーの背筋を冷たいものが伝った。「その話はやめましょう……」嘘をついたわけではないが、リジーはやましい気持ちに襲われた。彼はうわさを知っているのだろうか、コナーとつき合っていたのを知っていて近づいてきたのだろうか、と彼女はいぶかった。

母親が違うとはいえ、実の弟を捨てた金髪の女性の情報を聞きだそうと思い、セバステンはリジーのこわばった横顔を見た。だが、彼の視線はそこにとどまらず、長く優雅な首筋を伝い、かすかに脈打つ鎖骨のあたりから胸へと下りていった。そして、華奢《きゃしゃ》な曲線を描いている胸で止まった。薄い生地の下で胸の先端が硬くなっているのがわかる。とたんにセバステンは原始的な欲望に駆られ、リジーからグラスを奪い取ってテーブルに置くと、彼女に手を伸ばした。

物思いにふけっていたリジーはふと顔を上げ、セバステンの瞳に激しく燃えさかる炎を認めておののいた。全身に生々しい興奮が駆けめぐり、口の中がからからになる。脈は跳ねあがり、膝が揺れた。セバステンの手が背中からヒップへと移り、リジーは彼のほうへ引き寄せられた。筋肉質の固い太腿に接しただけで体が震え、全身の感覚がひどく敏感になってしまう。リジーは驚き、とまどい、ショックを受けた。

「いい感じだ……」セバステンはリジーの反応を楽しんでいた。彼女の体に震えが走るのも、やっとの思いで息をしているのもわかる。瞳孔《どうこう》が広がり、口を開いたさまは実に魅惑的だ。

「あなたのことをほとんど知らないのに」彼に話しかけるというよりは、ひとり言に近かった。だが、つぶやいたところで、いつもの用心深さは戻ってこない。すぐ隣に彼がいるだけで、まるでジェットコースターでいちばんの高みに登りつめたような気分になってしまう。いざ急降下という張りつめた感じだ。もはや誘惑をはねつけるのは不可能だった。

「教えてあげよう」セバステンは重々しく言い、黒い瞳をくすぶらせて彼女をじっと見つめた。「君が知りたいことをすべて教えてあげるよ」

「ゆっくりとね……」

「今すぐ、がいい」セバステンはつややかな後れ毛を撫《な》で、指先でリジーの震える唇をなぞった。「君はすぐに息を切らし、もっと欲しくなる」

リジーの頭は、催眠術にかかったように思考停止状態に陥った。興奮が全身を占領し、もうキスのことしか考えられない。早くキスをして。その大きく官能的な唇で。自分から彼に手を伸ばしてしまいそうで、リジーは拳《こぶし》を握りしめた。わたしがこれほど誰かを激しく求めるなんて、まるで夢を見ているみたい。

彼女の思いを察したかのごとくセバステンが唇を重ね、柔らかい唇をそっと噛《か》んだ。そのとたん、火薬庫に火がついたような反応がリジーの体に生じた。これは夢なんかじゃないわ。リジーはたくましい胸に飛びこみ、両手を彼の首にからませて体を支えた。喉の奥からかすかなうめき声がもれる。

リジーがもう我慢できないと思ったとき、セバステンが彼女の口を開かせ、激しくむさぼった。わたしが求めていたのはこれだわ、と彼女は悟った。肌という肌の細胞が燃え尽きんばかりで、その衝撃が全身に伝わっていく。生まれて初めて男性の腕に抱かれて味わう興奮は、あまりに甘美で、あまりに危険に満ちていた。

「君には圧倒されてしまう……」セバステンはうめきながら顔を上げた。

キスを打ち切られ、リジーはわけがわからずに目をしばたたいた。同時に、胸の先端が硬くなり、太腿のつけ根が熱を帯びているのに気づき、彼女は我が身の反応に愕然《がくぜん》とした。彼を求めてやまないこの体は、もはや自分のものとは思えない。

セバステンはリジーの体の向きを変え、後ろから彼女を抱くような形をとるや、優しい曲線を描く胸に両手を滑らせた。彼女がびくっと身を震わせたのがわかった。セバステンはソファを一瞥《いちべつ》した。今この場でリジーを自分のものにしたい。僕をさいなむこの欲望を早く解き放ちたい。低俗だ、と理性がたしなめた。彼女を僕の家へ連れていくほうがいい。僕のベッドでならゆっくり時間をかけられる。一度だけで満足できるとは思えない。

リジーは彼の手を振りほどき、必死に空気を吸いこんだ。それから飲み物が置いてあるテーブルにふらふらと歩み寄り、震える手でグラスを口に運んだ。不思議な気分だわ。彼のことをすべて知りたいと思う。生まれたときから今日に至るまでのすべてを。ほかの誰よりも深く知りたい。振り返ってグラスの縁越しに彼を見たリジーは、胸が躍るような幸福感に包まれた。

「こんな気持ちになったのは初めて」とまどいを隠そうと、リジーはほほ笑んだ。

「ほかの人とはどうだったかなど、聞きたくないな」セバステンは燃えるような目で彼女を見すえ、有無を言わせぬ態度で手を差しだした。「行こう」

リジーは彼に近づき、自分の手を彼の手に預けた。「いつもこんなに威張っているの？」「なぜそんなふうに思ったんだい？」彼女が素直に従ったので、セバステンは満足げに喉を鳴らした。だが、女性は皆そうだ。彼は成人してから、自分に逆らう女性に会ったためしがなかった。

セバステンはリジーの背中を押すようにして階段を下り、好奇の視線を浴びながら出口へと向かった。

リジーはひどく神経が高ぶっていた。胸に触れた彼の手の感触を思い出しただけで、頬がかっと熱くなる。これから彼とどうするつもり？　どこに連れていかれるのだろう？　彼はわたしのことを美しいと言った。わたしと一緒にいたいんだわ。父も、友だちも、誰ひとりそんなふうに思ってくれないのに。

制服姿の運転手が二人に傘を差しだし、銀色の豪華なリムジンのドアを開けた。リジーは感激して車に乗りこみ、セバステンを振り返った。自分が何をしているかなど考えたくない。「あなたはどこで生まれたの？」気がつくと彼に尋ねていた。

なんと無意味なことをきくのだろう。女らしいとも言えるが。セバステンはにやりとしてリジーを引き寄せた。「エーゲ海の小さな島だよ……君は？」

「デボンよ」彼の笑みに、リジーの心臓は一瞬止まった。「わたしが赤ちゃんのとき、両親はロンドンに引っ越したの」

「そいつはおもしろい」

セバステンは彼女の髪に指をからませ、キスをした。リジーはエロチックな感触と彼の香りにおぼれ、思わずのけぞってあえいだ。

やがて二人はリムジンから降り、石段をのぼって薄暗い玄関ホールを抜けた。

広い階段をのぼっているとき、リジーはめまいがしてよろけた。セバステンが素早く支えた。「大丈夫かい?」

「この靴のせいよ……」リジーは悔しそうに言い、ヒールの高いサンダルを脱ぎ捨てた。

「どれくらい飲んだ?」セバステンは漆黒の眉を寄せ、絶妙のタイミングできいた。

「ほとんど飲んでないわ」リジーは口調が怪しくならないよう注意しつつ、息をはずませて言った。このところ人からさんざん拒絶されてきた彼女は、ここでまた同じ思いを味わわされるのを恐れた。

リジーの言葉を聞いてセバステンは安心し、彼女を広々とした豪華な寝室へといざなった。

堂々たる巨大なベッドを見た瞬間、リジーは我に返り、わたしは何をしているの、と自問した。セバステンがどういう人なのかほとんど知らないうえ、わたしはバージンだというのに。コナーに会うまで男性に惹《ひ》かれたことはなかった。彼が初めての恋人になると思いこんでいた。そんな彼が継母とベッドを共にしていた光景がよみがえり、リジーは自分の道徳観念をかなぐり捨てた。

エメラルドグリーンの瞳を星のように光らせ、リジーはいきなり振り返ってセバステンを見つめた。ゴージャスな彼をわたしは今夜ひとりじめにできる。ほかの誰でもなく、このわたしが。セバステンみたいな男性には出会ったことがない。人々の注目の的となり、絶大なる自信を持ち、強力な磁石のようにわたしを引きつける。そんな彼に認められたと思うと、何週間も雨が降り続いたあとで陽光が差しこんだような気分になってくる。

リジーは頭を振り、頬にかかったつややかなマーマレード色の髪を振り払った。「もう一度キスしていいわ」

セバステンは楽しそうに笑い、開いた唇にめくるめくようなキスをした。それから軽々とリジーを抱きあげ、ベッドに横たえた。この娘《こ》はほかの女性とは大違いだ。物静かで神秘的だと思っていると、次の瞬間には大胆になり、緑色の瞳であからさまな誘惑を仕掛けてくる。

ようやくキスの余韻から覚め、リジーはセバステンを見あげた。「キス以外のことも上手なの？」

セバステンはリジーのうっとりした視線を意識しながら上着を脱ぎ、椅子の上にほうり投げた。「どう思う？」

暗い金色に輝く瞳で見つめられただけで、リジーは息をするのもままならなくなり、口の中がからからになった。セバステンはシャツのボタンを外している。広い肩、たくましい胸、引きしまった腹部。すべてが筋肉に覆われ、ブロンズ色の肌はつやつやしていた。

「とてもセクシーね」リジーは思いを口にした。

「きみもね……」はだしになったセバステンは、獲物を狙《ねら》う野獣のようなしなやかな足どりでベッドに近づいた。

「そう？」リジーはどきっとした。あこがれのアイドルにいきなり遭遇した少女にでもなった気分だ。胃の中で何羽もの蝶《ちょう》がはばたき、頭の中は真っ白で、震えて今にも歯が鳴りそうだった。わずかに残っている警戒心が逃げろと叫んでいる。

「ネ……」

「ノー？」リジーはとまどった。

「ギリシア語でイエスの意味さ」セバステンはベッドの端に腰を下ろし、とろけるようなまばゆい笑みを浮かべた。

「ギリシア人なの？」

「正真正銘のギリシア人だ」セバステンはリジーを抱き寄せ、もつれた髪に手を走らせた。

「この髪の色は気に入った……でも、まだ君の姓を聞いていなかったね」

リジーは緊張した。正直に名乗れば彼は気づいてしまうだろう。彼女は思わず亡くなった母の旧姓を口にした。「ビューフォードよ」

「これでもう君を失わなくてすむ」セバステンはきっぱり言った。リジーはおそるおそる彼の腕に触れた。

「失ったら困る?」鼓動が速くなり、ろくに話せない。

「もちろん」この女性となら三カ月はつき合えそうだ、とセバステンは思った。今まで誰とつき合っても二カ月ともたなかったのだが。思いがけない感情にとまどい、彼は再びキスをした。

柔らかい口の中を奪い尽くすような、実に巧みなキスだった。リジーは我が身を押しつけ、両手を彼の首にからませ、豊かな黒髪に指をうずめた。これほど甘美で激しい思いを味わうのは初めてだった。セバステンは髪が枕《まくら》に届くほどリジーの体を反らし、鎖骨の下で激しく脈打つ部分に唇を押し当てた。

リジーは不安も警戒心もすべて忘れ去った。彼の唇が続いて耳の下の脈に触れると全身がわななき、じっとしていられなくなった。ホールターネックの留め金を手際よく外されていくのもわからず、気づいたときには胸に冷たい空気がじかに当たっていた。伸縮性のあるスカートも取り去られ、身につけているのは白いレースのパンティひとつとなった。

「君は非の打ちどころがない」セバステンは淡い象牙《ぞうげ》色の胸を両手で包み、リジーを枕に押し倒した。

薔薇《ばら》色の頂を口に含み、舌で軽くはじく。甘美な拷問に、リジーは身をこわばらせ、もがきながらうめき声をもらした。想像を絶するほどの快感だった。呼吸は荒く、心臓は壊れんばかりに激しく収縮し、下半身は燃えるように熱くなっている。

「僕に何か話しかけて……」

「こ、声が、で、出ないの……」自分でもびっくりするくらい、ろれつがまわらない。セバステンは狼狽《ろうばい》した彼女の顔を見やり、手を離した。「酔っているな……」

いきなり厳しく指摘されてリジーはひるみ、片手をついて上体を起こした。セバステンは顔をこわばらせ、嫌悪感をあらわにしている。

「わたしは――」

「君は酔っぱらっている……こういうのは嫌いだ」セバステンはまっすぐに立ちあがった。何か言わなくては。だが、頭の中はもやがかかったようで、なんの言葉も浮かばない。

リジーは裸の身を急に意識し、よろめきながらベッドを下りた。足もとをふらつかせてかろうじて立っている彼女を見て、セバステンは口をさらに固く結んだ。リジーが酔っていることになぜ気づかなかったのか、と苦々しく自問した。「酔って自分が何をしているかもわからない女性とベッドを共にする気はない！」

爪先が床に落ちているスカートに当たった。リジーは拾おうと身をかがめたが、そのまま絨毯に突っ伏してしまった。意志の力を奮い起こし、なんとかセバステンの褐色の足に目の焦点を合わせる。彼は足の指まで美しい、とぼんやり思う。なんとかして乗り切らなければ。みっともないにもほどがある。

「あの……続きを始める前に、酔いをさまさせてもらえないかしら?」リジーは一縷《いちる》の望みを託して尋ねた。

3

セバステンは耳を疑い、リジーを見すえた。

彼女がこうも乱れたのは僕のせいだとも言える。すでにアルコールの入っていた彼女にさらに酒を飲ませ、家へ連れてきたのだから。

こんな状態でタクシーに乗せるわけにはいかないし、僕も何杯か飲んでいる以上、僕が送っていくこともできない。

酔っていなかったら、リジーはこの張りつめた沈黙に耐えられなかっただろう。絨毯《じゅうたん》を眺めていた彼女は、おもむろに顔を上げた。

「この床で寝られるわ」リジーは迷惑をかけたくない一心で申し出たが、セバステンの表情を見て笑いがこみあげてきた。「だって……立てそうにないもの……脚がなくなっちゃったみたい」

初めて訪ねる家でこんな言葉を口にするのがどれほど危険か、彼女はわかっていないのか？　用心深さも忘れ、我が身を守ることすらできなくなっているというのに。ほかの男性の前でもこんなふうに無防備な状態をさらけだしているのかと思うと、セバステンは激しい怒りを覚えた。

「君は酒を飲むといつもこうなのか？」

リジーはセバステンにきつい口調で非難され、笑いたい気分が吹き飛んだ。「いいえ……あなたが初めてよ……ごめんなさい」彼女はしどろもどろに答え、再び絨毯に突っ伏した。

セバステンはベッド脇《わき》の電話を取り、コーヒーを大きなポットに入れてサンドイッチと一緒に持ってくるよう使用人に命じた。それから窓辺へ歩み寄り、両開きの窓を開けて夜気を部屋に入れた。

むきだしの背中を冷たい風がそっと撫《な》でていく。リジーは身震いしたが、セバステンはまったく動じない。ベッドから上掛けをはぎ取って彼女にかけ、寝室と続いているバスルームへ引きずっていった。

「眠い……」

「目を覚ますんだ」セバステンは広いシャワーブースの椅子になんとかリジーを座らせ、スイッチを入れた。彼女から上掛けを外していないことに気づいたが、あとの祭りだった。

いきなり湯を浴び、リジーはぼんやりと目を開けた。「いや……濡《ぬ》れたくない」

「我慢しろ」セバステンはシャワーブースに鍵《かぎ》をかけ、彼女が逃げられないようにした。

だが、リジーは逃げだすどころか、空気の抜けたゴム人形のようにへなへなと床にくずおれた。

「起きろ！」セバスティンはどなった。

湯に打たれているのは気持ちよく、リジーは体を丸めて目を閉じた。「眠いの……おやすみなさい」

セバスティンは歯ぎしりをして、シャワーを冷水に切り替えた。リジーは驚いて叫び声をあげたものの、起きようとしない。彼女を椅子に座らせ、体を支えてやらなければならず、セバスティンも冷水を浴びる羽目になった。

「つ、冷たいわ！」

「僕だって凍えそうだ！」シャツもズボンもぐっしょり濡れて体に張りついている。セバスティンは自虐的な気分になっていた。これでよかったのだ。彼女は僕には幼すぎる。家に連れてくるなど、僕は何を考えていたのだろう？

「寒くてたまらない……」リジーはうめいた。

「頭はからっぽではないと言っていたな」セバスティンは彼女を見下ろした。化粧はすっかり落ち、マスカラの筋が顔についている。それでも肌は美しく、瞳もすばらしい。とはいえ、セバスティンは酔っぱらった女性と一緒に冷水シャワーを浴びている自分が信じられなかった。これほどの失態を演じたのは初めてだった。

「ええ」意外にもリジーは顎をつんと上げ、攻撃的な口調で言った。

寝室のドアを大きくノックする音が聞こえた。セバステンはリジーから手を離してシャワーを止めた。リジーが床に倒れる。

「動くなよ……」セバステンは命じ、全身から水をしたたらせながら寝室へ戻った。

コーヒーとサンドイッチを運んできた使用人は、ずぶ濡れの主人を見て目を丸くした。

セバステンはかすかに頬を赤らめてトレイを受け取り、ドアを蹴《け》って閉めた。

バスルームに戻ると、リジーはシャワーブースから這《は》い出ようとしていた。しかし、水をたっぷり含んだ上掛けが邪魔で思うように動けない。

「少しはしゃんとしたか？」セバステンは皮肉をこめてきいた。

「さ、最悪よ！」リジーは歯をがちがち鳴らしながら吐き捨て、すすり泣きを始めた。

「あなたなんか大嫌い！」

セバステンは上掛けをはがして大きなバスタオルで彼女を包み、力ずくで立たせた。リジーは初めてスケートリンクに立った子どものように、彼にしがみついた。セバステンは彼女を抱きあげて寝室のベッドに横たえ、濡れた自分の服を脱いでバスルームにほうり投げた。

まるでベビーシッターではないか。さっきまでのエロチックな期待を思うと、苦々しさがこみあげてくる。セバステンは赤ん坊の世話どころか、いかなる人間の面倒を見たこともなかった。

「窓を閉めてくれない？」リジーは彼をサディストだと決めつけた。頭にかかっていたもやはすっかり晴れていた。

「やっと目が覚めたな」セバステンはデザイナーブランドの黒いジーンズだけを身につけた姿で寝室を横切り、窓を閉めた。

ジーンズは肌のようにぴったりと体に張りつき、筋肉質の平らな腹部も、引きしまったヒップも、長くたくましい太腿もはっきりとわかる。リジーは赤くなって顔をそむけた。酔いはさめ、今は悔しさで胸がいっぱいだった。

セバステンは彼女の上体を起こし、背中に枕《まくら》をあてがったあと、コーヒーをつぎ始めた。

「コーヒーは飲みたくないわ」

「飲むんだ」セバステンは命じ、サンドイッチがのっているトレイをリジーの隣に置いた。

「これも食べたまえ」

「おなかもすいてないわ」リジーは小声で言った。

「酒を飲むときはちゃんと食べないとだめだ」セバステンは語気を強めた。

とまどいと恥ずかしさとでもじもじしながら、リジーはサンドイッチに手を伸ばした。

「酔ったことなんて今までなかったのに……ひどい一日だったから――」

「それでひどい夜を僕に与えようとしたわけだ」セバステンは口をはさんだ。「自分がどれほど恵まれているか数えあげてみたまえ」

「恵まれていることなんてあるかしら？」リジーは必死で涙をこらえた。

「君はまったく傷つかなかったじゃないか。相手が悪漢だったら、ただじゃすまなかったぞ」

セバステンの言うとおりだわ。リジーはぞっとしてごくりと喉を鳴らし、サンドイッチをひと口かじった。おいしい。こんなにおなかがすいていたなんて。コーヒーにミルクが入っていたらもっといいのに。リジーは無言のままブラックコーヒーをすすっては顔をしかめつつ、サンドイッチを次から次へと平らげていった。

セバステンはサンドイッチがどんどん消えてゆくさまを見つめていた。やせてはいるが、なかなか健康的な食欲の持ち主のようだ。「最後に食事をしたのはいつなんだ？」彼はそっけなくきいた。

「けさ食べたきりだったわ」リジーはかすかに顔をしかめた。朝にトーストを一枚食べただけで、昼食には手をつけなかった。話があるのでこれから帰宅する、と父から電話があり、食欲が失《う》せてしまったのだ。夕食は、ああ、ジェンは飲み物しか頼んでくれなかった。

「だから絨毯に突っ伏す羽目になるんだ」セバステンはからになったリジーのカップにコーヒーをたっぷりついだ。「ひどい一日って、いったい何があったんだ？」

リジーは生乾きの髪に指をからませ、額にかかった髪を後ろへ払った。「家を出て仕事をしろって父に言われたの。とてもショックで――」

「二十二歳にもなって、まだ親がかりの生活をしているのか？　つまり、学生なのか？」セバステンは驚いた。

リジーは頬を染めた。「いいえ。学校は十八歳で卒業したわ。父はわたしに仕事をさせたがらなかったの。楽しく過ごしていればいい、って」

セバステンはリジーが身につけている繊細なデザインのペンダントとブレスレットを見やった。ダイヤモンドのイミテーションだと思っていたが、本物かもしれない。彼がつき合っているイギリスの生粋の上流階級の人間は、喉を締めつけるような感じで母音を発音する。だが、リジーの発音は違う。ということは、成りあがりの家の娘なのだろう。ロンドンの社交界では、世襲財産のある本物のエリート層とにわか成金とを見分ける必要がある、とイングリッドが言っていたではないか。

「でも……今夜のことは楽しく過ごすうちに入らないわ！」リジーは先手を打った。「こんな目に遭うのは一度でたくさん！」

「自活しろと言われてショックだったんだな」セバステンは遠まわしにからかいながらも、疑念をぬぐいきれずにいた。彼女は僕の正体を知らないと言っていたが、僕を安心させようという魂胆ではないのか？　「だから僕の誘いに乗ってきたのか？」

侮辱的な質問にリジーはむっとし、鋭く息を吸いこんだ。部屋を見まわしただけで、ここが父よりはるかに裕福で上流階級に属する人の家だとわかる。リジーは顎をぐいと上げた。「いいえ。実を言うと、どうしてあなたについてきたのか自分でもわからないの。あなたのことなんか全然好きでもないのに」

セバステンは面食らい、とまどった笑みを浮かべた。エメラルドグリーンの瞳は怒りをたたえ、挑戦的に彼を見つめている。背筋を伸ばした彼女は、肖像画に描かれた中世の女王のようだ。だが、ぼさぼさ頭でバスタオルを巻きつけた姿では、彼に身のほどをわきまえさせる威厳はなかった。

セバステンの精悍《せいかん》な顔にすばらしい笑みが宿った瞬間、リジーの鼓動は速くなり、口の中が乾いた。彼についてきた理由は明らかだった。憎まれ口さえたたかなかったら、本当に魅力的な人なのに。

「ばかなまねをした自分が腹立たしいんだろう」セバステンは平然と言い返した。「僕は君にとても親切にしてやった――」

「窓を開けて震えさせたり冷たいシャワーで苦しめたりするのが親切だというの？」

「そうだ……これに懲りて、今後君が悪い相手と飲みすぎないようになればの話だけどね」

女性に食ってかかられた経験のないセバステンは、やり場のない怒りにさいなまれなが

ら も、表情豊かなリジーの顔に、下腹部が硬くなるのを感じた。ベッドに押し倒されたら、僕が嫌いだなどと言っていられなくなるはずだ。思い知らせてやろうか。赤みを帯びた金髪はもつれているが、光り輝いている。エキゾチックで情熱的な顔も魅力たっぷりだ。みずみずしくかわいらしい胸が思い出される。しなやかでほっそりした肢体が、僕の下敷きになって欲望に震えているさまも。セバステンの男性自身はさらに勢いを増した。

リジーは悔しさをこらえ、言い訳をしようとしたが、セバステンの瞳が一瞬燃えあがったように感じ、出かかった言葉をのみこんだ。無言のまま身をこわばらせてベッドの端ににじり寄り、足を絨毯に下ろす。「もう帰るわ」そう言ったものの、またしてめまいを起こすのではないかと怖くなり、立つのをためらった。

「家はどこだ?」

「今は宿なしなの」冷たい現実に引き戻され、リジーはやや間をおいてから答えた。「どこかに住むところを見つけなくちゃ。荷物は友だちの家に置いてあるけれど、そこにはもう泊まれないし」

生まれたばかりの動物のように、リジーが細長い脚でおそるおそる立ちあがり、ゆっくり深呼吸するさまを、セバステンはじっと見つめていた。

リジーはバスルームに行き、ドアを閉めた。鏡に映った姿を見てうめき声をあげ、震える手でぼさぼさの髪に触れた。人に見せられる姿ではない。セバステンがベッドから離れた肘掛け椅子に座り、さげすむような言い方をしていたのも無理はない。

確かに彼はわたしを見下していた。リジーはカウンターから櫛《くし》を取り、髪をとかし始めた。彼はわたしを外にほうりだすこともできた。誘惑することだって……まさか。酔いつぶれた女性に魅力を感じるわけがないわ。途中でやめたのは彼のほうだったのよ。でも、おかげで大きな過ちを犯さずにすんだ！　セバステンに感謝しなければ……。

だが、感謝などしていなかった。目の奥がつんとしてくる。リジーはしきりにまばたきをして涙をこらえた。今でもセバステンに魅力を感じてしまう。せっかくのチャンスをふいにしてしまった。酔いつぶれて冷水シャワーを浴びせられるような女性には、魅力のかけらもない。彼に愛想を尽かされても当然よ。しかし、リジーは何よりも自分自身に腹を立てていた。男性にこれほど引きつけられたのは生まれて初めてだった。大胆な行動に出てしまったのは、アルコールのせいではない。愚かにも飲みすぎた晩に、なぜよりによっていちばんゴージャスな人に出会ってしまったの？

バスルームを出るときになって、服を持ってくるべきだった、とリジーはほぞを噛《か》んだ。先ほどの奔放なふるまいが思い出され、リジーはいたたまれない思いでこっそり寝室に戻った。

分厚いカーテンの隙間《すきま》を通して夜明けの光がかすかに差しこんでいる。テレビでニュースを見ていたセバステンは、バスルームのドアが開いた瞬間に顔を上げ、リジーを見つめた。まだバスタオルを巻きつけたままだ。化粧をきれいに落とし、髪を撫でつけたその姿は、とても美しく感じられた。顔色は悪いが、彼女には初々しく自然な魅力がある。それがたまらない。

「もう朝が近いけれど、よかったら客用の寝室で寝ていけばいい」セバステンは自らの提案に驚いた。

「ありがとう……でも、やっぱり帰るわ。だいぶあなたの邪魔をしてしまったから」

セバステンの口の端が上がった。最低のパーティに出席したにもかかわらず、帰るときには礼を言う少女のように思えた。彼は、リジーが身をかがめ、急いで服と靴を拾いあげる様子を見つめていた。恥ずかしさに顔を赤らめ、そばかすが消えていく。ばつの悪さを隠しきれない彼女を見ていると、妙にいじらしく思えてしまう。

「酔いはさめたか?」セバステンはゆっくりと言いながら、リジーが舌の先でみずみずしい下唇を湿らせるさまをくすぶった金色の瞳で見つめた。原始的な欲望がナイフのように下腹部に突き刺さる。

「ええ、すっかり……」リジーは自分の愚かさを認め、必死にほほ笑もうとした。

「それなら、ここにいたまえ」セバステンがくぐもった声でささやいた。

リジーは目を見開いた。「でも——」

「もちろん条件がある。目をつぶって鼻の先をさわれないとだめだ。チャンスは一度しかないぞ」

リジーは思わず苦笑して振り返った。まだジーンズしか身につけていない彼は、はっとするほど魅力的だった。ブロンズ色の肌はなめらかで、筋肉は引きしまり、いかにも男性的だ。頑丈な顎が髭《ひげ》でうっすらと黒みを増しているのでさえ、好もしい。

だめよ。彼に見とれてしまうくらいなら、目をつぶったほうがましだわ。リジーはこの家を去るつもりでいたが、彼に言われたとおりにした。

「次に目を開け、ドアまでまっすぐ歩く」

リジーは楽しくなり、指示に従った。

「よし、満点だ」セバステンが言った。

リジーはくるりと振り向いた。「あなたもやらないとだめよ」

セバステンは面食らい、ばかにしたように片方の眉を上げた。

「まじめになって」彼の重要な一面に気づいたリジーは、真剣に相手を見つめた。「あなたはわたしにあれこれ言われるのが気に入らないんでしょう」

「男だからね。特に問題だとは思わない」セバステンは落ち着きはらって答えた。

リジーにとっては問題だった。彼女が普段つき合っているのはセバステンより若く、性別などあまり意識しない男性たちだった。セバステンは彼らとはまったく別世界の人間に違いない。強く、たくましく、どんなに苦しくても弱音を吐かない。わたしには向いていていないタイプだわ。リジーは心の中でつぶやき、自分を慰めようとした。

セバステンはまっすぐドアのほうへ進んだ。リジーがいる空間に自分もいたいという、ただそれだけの理由で。「これで満足かい?」

「ええ……服を着なくちゃ」セバステンに詰め寄られ、リジーは彼の存在を強く意識した。顔は赤くなり、心臓は喉もとまでせりあがったような感じがする。

「着たところで、また脱がすだけだ」

低くくぐもった声を聞いた瞬間、リジーの背筋は期待にぞくっと震えた。

「言われたとおりにしたのは、雰囲気を明るくしようと思ったからよ」リジーはぎごちなく言い返した。

「君はさっきから名残惜しそうに僕を見ているじゃないか。まだ僕が欲しいんだろう」セバステンは平然と言ってのけた。

「たいしたエゴの持ち主ね!」

「このエゴは勝ち取ったものだ……名声と同じようにね」セバステンはリジーの細いウエストに両手を置いた。「二人で実験をしてみよう――」

「いや……実験なんて。一夜限りの関係とか、出会ったばかりの人とベッドを共にするとか、そういうのはお断りよ……経験もないし。あなたはテレビのニュースを見ているほうがよっぽど楽しいと思うわ」

なぜこの女性に惹《ひ》かれたか、セバスチャンはやっと理解した。あどけなさだ。女性をベッドに連れこむのに説得したことなどなかったが、彼は今、ビジネス界で伝説となっているその交渉力をフルに発揮しようと心に決めた。「君と一緒にいるのが楽しい。クラブでひと目見たときから君に引きつけられたんだ」

「冗談はやめて……」リジーは金色に輝く瞳を見つめながら震えていた。肌がほてっている。彼の言葉を信じたい。自尊心を打ち砕かれてしまった今、彼の言葉にすがりたい気分だ。息をするのもつらい。男性的で清潔な香りが鼻をくすぐる。彼にもたれかかりたい。自分の胸を彼の胸に押しつけ、もう一度あのセクシーな唇を味わいたい。

「本気だよ。ひと目で君のとりこになってしまったんだ」セバスチャンは黒く豊かなまつげの下からリジーを見つめ、ほほ笑みかけた。

その瞬間、リジーの脈は跳ねあがり、自制心も何もかもかなぐり捨てて、セバスチャンにしなだれかかった。彼の唇は熱く、あまりに官能的だった。

キスをしながらセバスチャンはリジーをベッドへと運び、バスタオルをはぎ取った。胸を手で包み、淡いピンク色の先端に顔を寄せ、唇と手を巧みに操って彼女に喜びを与えた。

「避妊はしているのか?」セバスチャンがきいた。

「ええ……」コナーとつき合って一カ月ほどしてから、リジーはピルをのみ始めた。でも、彼のことは思い出したくない。苦々しい思いを捨て、心機一転、これからの人生を歩んでいきたい。もっと実りある日々を過ごしたい。セバステンと共に。お互いに惹かれているんだもの。

セバステンがベッドから滑り下り、手際よくジーンズを脱いでいる。リジーは頬を真っ赤に染めて顔をそむけたが、この先の展開を意識するあまり、全神経がぴりぴりしていた。

彼が戻ってくると、リジーは思わずそのたくましい体に両手を差し伸べた。男性の体に手を這わせてみたいなどと思ったのは、生まれて初めてだった。サテンのような手ざわりのがっしりした肩に指を這わせ、筋肉質の胸へ、そして引きしまった腹部へと下ろしていく。指の動きに反応して彼の筋肉が収縮するのがわかる。

「そのまま続けて」セバステンはかすれ声で言った。

リジーは好奇心に駆られ、大胆にもさらに手を下ろしていき、男性的な力がみなぎっている部分を探り当てた。そこはなめらかで硬く、あまりに刺激的だった。

「こうするんだよ」セバステンはリジーのぎごちない手つきに驚く一方、ひそかな楽しみを覚え、彼女の手を取って教えた。愛撫《あいぶ》の仕方を女性に教えるのは初めての経験で、欲望はますますつのっていった。

あまりに親密な行為に全身がかっと熱くなり、リジーは無意識に太腿をぴったり閉じた。セバステンが彼女のふくれた下唇を軽く噛み、柔らかな口の中を探る。リジーは激しい欲求にさいなまれ、身を震わせた。

「ここまで熱く燃えたことはなかったと思う」セバステンは息をはずませながらリジーを引き寄せ、硬くなった敏感な胸のつぼみを熟練した手でもてあそんだ。

リジーはもうじっとしていられなかった。小さな震えがさざ波のように幾度も押し寄せる。鼓動はおろか、脈拍の音さえ聞こえる気がする。セバステンが潤いを帯びたひめやかな場所に触れてくると、深く激しい快感がわき起こり、リジーは思わずうめき声をあげた。甘くほろ苦い拷問が続く。興奮は全身を駆けめぐり、ついに耐えがたいほどまでになった。

「君が欲しい……今すぐに」セバステンは力強い手でリジーの脚を持ちあげ、覆いかぶさると同時に彼女を貫き、すばらしい感触に喜びの声をもらした。

思いがけない痛みにリジーは身をよじり、叫び声をあげた。それでも、情熱に支配されている身には痛みなどなんでもなかった。しかし、セバステンは動きを止め、彼女をいぶかしそうに見ている。リジーは体を弓なりに反らし、彼を促した。全身が彼を求めていた。セバステンは誘惑に屈して再び深く貫き、信じがたい興奮を彼女の中に送りこんだ。神をも冒涜《ぼうとく》するようなリズムに乗せられてリジーはついに絶頂を迎え、セバステンも身を震わせて達した。リジーはすばらしく満ち足りた思いに包まれ、彼にしっかりと腕を巻きつけた。

「すばらしかったよ」セバステンは仰向けに寝そべってリジーを抱きあげ、彼女の紅潮した顔を見つめた。警戒心を解き放った緑色の瞳は、優しさと温かさにあふれている。「僕たちは何度でも楽しめそうだね」

「うーん……」リジーはセバステンを見つめ返しながら肩から髪へと手を滑らせ、もつれた黒髪を指にからませた。本当に男らしい顔だわ。高い頬骨も、誇り高い鼻も、青く陰ってざらざらしている顎も。金色を帯びた黒い瞳は、まつげの陰から物憂げな光を放っている。リジーはほほ笑みたかった。ずっとほほ笑んでいたかった。

バージンだったのか。セバステンは思ったが、確信はなかった。彼女のしぐさを思い出してみても、よくわからない。まもなく彼は新たな欲望に突き動かされ、彼女にキスをしていた。それから数時間というもの、彼の頭はほとんど働いていなかった。

リジーははっとして目覚めた。セバステンはまだ寝ている。リジーは静かにベッドを抜けだし、バスルームに飛びこんだ。シャワーを浴び、セバステンのシャンプーで髪を洗う。その香りに包まれただけで、もう彼を激しく求めてしまっている。自分がとても弱く、傷つきやすく思えてくる。でも、舞いあがりたいほど幸せな気分だ。コナーを愛していると心の底から信じていたのに。コナーはシャンプーの香りをかぎたいとまでは思わせてくれなかった。ほほ笑みひとつでとろけさせることも、怖いと感じさせることもなかった……。

確かに怖い。リジーはドライヤーを使いながら、鏡に映るほてった顔を見やった。セバステンに一夜限りの関係だと思われるのが怖い。もうわたしの顔など見たくもないと言われるのが怖い。でも、当然の報いじゃないかしら？　出会った最初の晩に抱かれるような女性を彼が尊敬するとは思えない。おまけに酩酊《めいてい》状態で、酔いをさまさなければならなかったなんて。

寝室で、セバスティンは彼女をどう扱うべきか考えていた。同情したりしたら、侮辱されたと言って怒るだろう。そんな危ない橋は渡りたくない。いつも酔っぱらっているようには思えないが、セバスティンは女性に関しては用心深かった。彼女とこれから関係を続けていけるだろうか？　女性に対してそんなふうに思ったことのなかった彼は、自分の気持ちにぎょっとした。

セバスティンはベッドから飛び起き、受話器をつかんで朝食を運ぶよう使用人に命じた。床に転がっているリジーのハンドバッグを踏みつけなかったら、バスルームへ行って、一緒にシャワーを浴びたはずだった。

何か壊れていないかと彼がバッグを拾いあげたとき、開けっ放しのジッパーから中身が床にこぼれた。ひとつずつ拾って乱暴にバッグに押しこんでいくうちに、彼女の運転免許証が財布から滑り落ちた。セバスティンは顔写真を見てほほ笑み、元に戻そうとした。そのとき、ある名前が目に飛びこんできた。

リサ・デントン。

なぜリジーは他人の免許証など持っているんだろう？　写真に視線を戻したセバスティン

は、足もとが揺らいだ気がした。リジーとはエリザベスの愛称だが、リサにも使えるのではないか？　昨夜、ナイトクラブの経営者は、ダンスフロアにいる女性を指差していた。あのとき女性は二人並んで立っていた。リジーの隣の女性がリサだと思いこんでいたが、経営者はリジーを指していたのかもしれない。

セバステンはショックを受け、もう一度写真を見つめた。リジーはリサ・デントンだったのだ。悪意に満ち、男性に飢えた売春婦で、僕の弟を破滅に追いこんだ女。セバステンは身を震わせた。コナーとはあまり親しくなかったなどと言い、名前まで偽ったとは！　悪評が立っているからわざと名を偽ったに違いない。自ら罪を認めたも同然だ。

リジー・デントンは一流の役者だ。セバステンは素早く服を身につけながら思った。哀れなコナーがこよなく愛していた女性とベッドを共にしてしまったとは！　バージンだとすっかりだまされていたとは！

自慢の判断力と知性が彼女の巧みな演技にしてやられたことが、何よりも腹立たしい。あれは計算し尽くされた演技だ。ギリシア人男性は性的な経験のない女性に引きつけられると知ったうえでの演技だったのだ。僕だって、彼女に初めていい思いをさせたと思いこみ、喜んでいた。あの愛らしい顔に刻まれていたのは、心の底からの驚きと感嘆の表情ではなかったのか？

なぜ彼女はバージンのふりなどしたのだろう？　そうだ、自分で言っていたではないか。

愛するパパがクレジットカードを使わせてくれなくなった、と。だから彼女は金持ちで寛大なボーイフレンドを見つけ、今までどおりの暮らしをしようと躍起になっていたのだ。世の多くの人間は日々の労働を当然と受け止め、生活しているというのに。コナーの兄に飛びついたリジー・デントンは運が悪かった。

彼女をこれからどうするかは考えるまでもない。くだらないゲームにつき合ってやり、リジーを完全に手中におさめた時点でいきなり捨ててやる。嘘《うそ》には嘘で、苦しみには苦しみで報いてやろう。最初に考えていた大がかりな復讐《ふくしゅう》劇とは違ってしまうが、父親さえ愛想を尽かしたくらいだ。リジーの一家全員を苦しめる必要もなかろう……。

セバステンはバスルームのドアをノックし、ほんの少しだけ開けた。今顔を見られたら、怒りを悟られてしまいそうな気がした。

「リジー、階下《した》で朝食にしよう……」

4

リジーは更衣室のたんすからセバステンのシャツを一枚拝借してホールターネックのトップの上に羽織り、階段を下りていった。不安のあまり、心臓が激しく跳ねていた。

彼はわたしがバスルームから出てくるまで待っていてくれなかった。それに、冷たく突き放すような口ぶりだった。一夜を共にしたというのに。わたしをさっさとこの家から追いだしたいのかしら。

ひと目見たときから君に引きつけられた……。甘い言葉がよみがえり、リジーは肩をいからせた。男性は寝室ではそういうせりふを口走るものなのかもしれない。

広々とした玄関ホールで、リジーは油絵やみごとなアンティークのキャビネットを不安げに見やった。見るものすべてが富を象徴しているようで、怖くなってくる。

背後から使用人が現れ、ダイニングルームのドアを開けた。磨き抜かれた長いテーブルの端に座っていたセバステンが、礼儀正しく席を立った。まつげで陰になった暗い金色の瞳と目が合ってしまい、リジーの青白い顔に熱い血潮が流れ始めた。「シャツを一枚お借りしたわ」

「着るものを運ばせるべきだったね。すまなかった」女性をしょっちゅう家に連れてきていると思いたくなるような言い方だった。

セバステンが情熱的に求めてきた姿が思い出される。リジーは今まで味わったことのない熱い心のうずきを感じながらも、やっとの思いで彼から目をそらし、急いで椅子に腰を落ち着けた。

みごとな演技だ。セバステンは拍手を送りたかった。赤くなったのは、男性と一夜を共にして翌朝顔を合わせるなど初めての経験だと思わせたいからだろう。

「僕はアパートメントを持っているんだ。自由に使っていいよ」彼は穏やかに言った。

リジーは驚いて顔を上げた。

「君が住む家もないと思うと居ても立ってもいられないからね」

「大丈夫よ、今日じゅうにどこか見つけるわ」タイミングよく食事が運ばれ、リジーはほっとして視線を皿に移した。

「ロンドンでアパートを見つけるのは大変だよ」

「なんとかするわ。みんなそうしているんだもの。それに、自分のことは自分でできるって父に見せつけたいの。父が再婚したとき、わたしは家を出るって言ったんだけど、許してもらえなかった。その代わり、父は家の裏手にわたしのために離れを建ててくれたの」

セバステンはローズウッドの年代物の肘掛け椅子にゆったりともたれ、コーヒーのカップを持ちながら漆黒の眉を寄せてリジーを見つめた。「そんな甘いお父さんがいきなり君を家から追いだしたというのが解せないな」

リジーはしばらくためらったあとで口を開いた。「パパはわたしを甘やかしすぎたと思っているんじゃないかしら」

「本当に?」

「ええ。正直言って、甘やかされるのはうれしかったわ」リジーは悲しそうに告白した。

「どんな男性だって、喜んで君を甘やかすだろう」セバステンはもっともらしく言った。

リジーは声をあげて笑った。「からかわないでちょうだい!」

セバステンの瞳に鋭い光が宿った。頭のいい女性だ。アパートメントというえさにも飛びつかず、苦境に甘んじる覚悟を示すつもりらしい。「それで、これからどうするつもりだ?」

リジーは清算しなければならない金額を思い、ひるみそうになった。多額の小遣いを打ち切られた今となっては、宝石類と車を売らなければ生き延びるのはむずかしい。だが、彼女はそんな話をしてセバステンを驚かせようとは思わなかった。「まず住むところを確保して、それから仕事を探すわ」

わたしがセバステンのバスルームを占領している間に、彼は別の部屋でシャワーを浴びたようだ。黒髪はまだ湿り、髭《ひげ》もきれいに剃《そ》ってある。リジーは思わず彼を見つめていた。はっとするほど魅力的なその顔には、持って生まれた力と有無を言わせぬ強さが刻まれ、黒い瞳は澄みきっている。リジーは彼の冷たく突き放したような態度が気になりながらも、魅了された。

「仕事探しなら、セレクト・リクルートメントという会社にあたってみればいい」セバステンはその会社の株式を半分以上所有し、自社の従業員を探すのにも利用していた。「なかなかの評判だよ」

「紹介状もないし、職歴もほとんどないのよ」

「君のすばらしい外観と明るい性格は最高のセールスポイントになると思う。君にできることは何かよく考えてごらん」

遠まわしなセバステンのお世辞に気をよくして、リジーは蜂蜜《はちみつ》を塗った高カロリーのクロワッサンを食べ、紅茶を飲んだ。セバステンはまたわたしに会いたいと思っているかしら。まさかね。目の奥がつんとし、リジーは慌ててカップを受け皿に戻した。甘いことを考えていちゃだめよ。ゆうべの出来事はわたしにとって特別だった。彼にとっても同じだったと思う。酔っぱらいと一緒に冷水シャワーを浴びる経験はめったにないだろうから。

隅にある背の高い箱時計が時を告げた。セバステンはため息をついて立ちあがった。

「昼食の約束があって、どうしても断れないんだ。でも、うちの運転手に送らせるから、ゆっくり食事をしていってくれ」

「いいの……もう食べ終わったから」リジーは勇気を奮い起こしてほほ笑み、急いで立ちあがった。指の関節が白くなるほど強くバッグを握りしめ、セバステンの先に立って玄関ホールに向かう。

もうあんなにお酒を飲むものですか。酔っぱらって、出会ったばかりの男性のベッドに飛びこむなんて、二度としないわ。

リジーの落ち着きのない様子にセバステンは驚き、片方の眉を上げた。叱《しか》られた飼い犬みたいだ。コナーはこういう力を行使していなかったのだろう。セバステンの鋭い表情にすごみのある笑みが宿った。

「僕が送っていこう」リジーをもっと困らせてやろうと思い、セバステンは申し出た。

豪華なリムジンに乗りこんだリジーは、一刻も早く彼と別れたかった。セバステンは電話で誰かと話している。ギリシア語だ。彼がきれいな褐色の指を広げて何かを強調する姿を見つめるうちに、リジーはベッドでの彼との親密な行為を思い出した。あまりに激しく、無我夢中で官能の世界に酔いしれていたことを。そのあとの恥ずかしさや苦しさ、ありとあらゆる感情が押し寄せてくる。あんな営みはもう二度と経験できないだろう。

リジーを追跡する手はずを整えたセバステンは経済雑誌を開き、瀟洒《しょうしゃ》な住宅街に車が止まるまで雑誌から目を上げなかった。リジーが降りてからようやく彼は窓から身を乗りだした。「電話するよ……」

リジーは目を丸くしてうなずき、彼のほうを振り返って携帯電話の番号を教えた。華奢《きやしや》な肩をいからせたリジーが、マーマレード色の金髪をそよ風になびかせ、短いスカートから長く完璧《かんぺき》な脚を見せて足早に立ち去るさまを、セバステンはじっと見つめていた。それから、彼女の番号を自分の携帯電話に登録した。

コナーが彼女にのめりこんだのがわかる気がする。コナーは弱い者を守ろうとする本能が強かった。彼女は明るい女学生のようにふるまい、冷静で計算高い側面などみじんも感じさせずに、得意とする誘惑術を駆使したのだ。セバステンは軽蔑《けいべつ》と怒りを感じつつ決めつけた。

彼はちゃんとわたしの番号を登録してくれたかしら？ リジーは不安な思いでエレベーターに乗りこんだ。でも、電話なんかしてこないわ。礼儀正しいというだけで、よそよそしい感じだったもの。

けさはわたしに触れようともしなかった。あんなに血気盛んで、触れることで親密さを示そうとする人なのに。ゆうべは彼と体が触れていない瞬間などなかったように思える。けさのセバステンは、アンデス山脈のかなたにいるような感じだった。でも、なぜアパートメントを使っていいなんて言ったのかしら？ 売春婦に一夜のお礼をしようと思ったとか？

ジェンが出てきたとき、リジーは売春婦という言葉にぞっとして青くなっていた。

「お客さまがお見えよ」ジェンはかわいらしい顔をこわばらせ、むっとした口調で言った。「あなたのお母さんが十二時から居座っているの。あなたが現れるまで待っているって」

リジーは身をこわばらせた。フェリシティはいったい何を考えているのだろう？　話すことなどないはずだし、継母《ままはは》の姿を見るだけでもつらいのに。それに、ジェンもおかしい。泊まれと言ってくれたのに、どうしてつんけんしているの？

「着替えて母を追いだしたら、できるだけ早く荷物を車に積んで出ていくわ」リジーは約束し、急いで部屋に向かった。着替えのない場所で一夜を過ごしたとフェリシティに知られるのはいやだった。

リジーはクリーム色の木綿のチノパンツとピンク色のカシミアのカーディガンに着替え、居間に足を踏み入れた。窓辺に立っていた黒髪のフェリシティはすぐさま振り返った。小柄な彼女はスタイル抜群で、ウエストも細く、もうすぐ妊娠四カ月になるとは思えない。古典的な美しい顔に大きな青紫色の瞳ばかりが目立ち、予想どおり、すでに涙が浮かんでいた。リジーは歯ぎしりをした。

「モーリスから事情を聞かされて、とてもショックだったわ！」フェリシティは少女のような声を震わせた。「あなたに申し訳ないと思って、それでまっすぐここへ――」

「あのことを誰にも言わないでって念を押しに来たの？」口先だけの言葉が癪《しゃく》に障り、

リジーは遮った。「誰にも言わないと約束したでしょう。あの話はもうあなたとしたくない」

「でも、お小遣いもなくていったいどうやって生活していくの？　考えたんだけど……あなたを助けてあげられると思うの。モーリスはとても気前がいいし、きっと気づかないわ」

口止め料というわけね。リジーは胸がむかむかしてきた。「自分でなんとかするから」

フェリシティはまつげ越しに、値踏みするような視線を送った。潤んだ瞳と震える口もとには似つかわしくない目つきだった。「自活したこともないし、自活するのがどんなに大変かも知らないでしょう。子どもができていなかったら、あなたのお父さんに事実を話したのに」

フェリシティが今の快適な生活を手放す気がないのは明らかだった。貧乏な愛人と家庭を築くよりも、年上の夫に愛されているほうがよかったのだ。幸せな結婚生活をコナーが壊そうとした、と彼女は真っ赤な嘘《うそ》をつき、若い恋人を愕然《がくぜん》とさせた。おまけに妊娠していると告げられ、リジーもコナーに負けず劣らずショックを受けたのだ。

これ以上フェリシティと顔を合わせていたくない。「パパはじきに機嫌を直すわ。コナーも亡くなったし、もう心配することなんかないわよ」

「ひどい言い方ね……」フェリシティは涙ながらに訴えた。

当然の報いよ。コナーが衝突事故で亡くなったと聞き、フェリシティは一瞬ほっとした表情を浮かべた。あの顔を忘れ去るには長い時間がかかりそうだ。フェリシティは良心というものを持ち合わせていない。自分のことしか頭にないのだ。

継母が帰るや、すぐにリジーは荷造りに取りかかった。寝室の戸口にジェンが現れた。

「ゆうべあなたがセバステン・コンタクシスを射止めたときは、みんなうらやましくて仕方がなかったのよ……」

ジェンの顔に好奇心がありありと浮かんでいるのを見てリジーは顔を赤らめ、鏡台に広げていた化粧品を集めるのに専念した。

「でもね」ジェンは続けた。

「念のため言っておくけれど、彼はすごい女たらしなんですって……。女性を誘惑しては自分のものにして、すぐに捨ててしまうそうよ。だけど、当然よね。若いし、ものすごくゴージャスで、そのうえ億万長者なんだもの。女性のほうから群がってくるわ。彼だって断る理由もないし」

リジーは顎をつんと上げた。「それで？」

「あなたが捨てられたら、みんな大喜びするわよ。だって、あなたは彼にふさわしくないもの。彼はスーパーモデルとかとつき合っているのよ……。あなたとコナーの例のうわさが彼に知れたら、もう連絡してこないと思うわ！」

「警告してくれてありがとう」リジーは一気に二つのスーツケースを玄関ホールに運んだ。早くここから出ていきたい。「でもね、セバステンとつき合おうと思っていたわけじゃないの。彼を利用しただけ。一夜限りの関係ってものよ」

二十分後、リジーは四輪駆動のメルセデスに乗りこみ、恨めしそうなジェンを尻目に発進させた。安っぽく無粋な言い方をしてしまったが、おかげで少し気が晴れた。

さて、これからどこへ行こう？ 帰る家も頼れる友人もない。ささやかな宝石類を売り、寝る場所を確保するのが先決だ。

一週間後、リジーは新しい我が家を複雑な思いで眺めていた。朝食つきの値段が張るホテルに六泊したあとで、こんなところに移り住むなんて……。

居間兼用の寝室は湿っぽく、そこかしこにごみが散らばっている。車も宝石類も期待していた値段では売れなかった。寝室と居間がそれぞれ独立しているところは、いちばん狭い物件でも予算オーバーだった。知らない人と部屋を共有する気にもなれず、ワンルームのアパートを借りるしかなかった。

だが、朗報もある。明日、仕事の面接を受けることになったのだ。仕事を手に入れたら、新しい友人もできるだろう。もっとましなところへ引っ越せるかもしれない。それまでの辛抱よ。自分を哀れんでぼんやりするくらいなら、安いペンキを買って薄汚れた壁を塗り替えたほうがましだわ！　セバステンからはなんの連絡もなかった。連絡をくれると本気で思っていたの？　リジーは毎晩、携帯電話をそばに置いて眠った。彼とのこと、魔法をかけられたようなあの感じは、決して忘れられないだろう。でも、魔法というのはわたしの愚かな幻想だったのよ。いまだにセバステンを忘れられない自分に腹が立つ。ジェンの話が本当なら、わたしは命拾いしたことになる。彼とつき合っていたら、胸が張り裂けそうな思いを味わっていただろう。

部下からの報告書で、恵まれていたリジーの生活が見る見る崩壊していくのを知ることが、セバステンにとってこの一週間のいちばんの楽しみだった。

リジーは詐欺師に引っかかり、半年前に買ったばかりで走行距離も少ないメルセデスを相場の半値で手放し、宝石類も買いたたかれた。よほど金に困っていたに違いない。アパートメントを提供してやると言ったのに、よく飛びつかなかったものだ。金目当てで近づいたわけでない、と僕に印象づけたかったに決まっている。リジーが受け取った金をはるかに上まわる金額でメルセデスと宝石類を手に入れたセバステンは、次の行動に移ることにした。

携帯電話の着信メロディーが鳴りだしたとき、リジーはスーツケースを三つ重ねた上で、ペンキ用ローラーを手に悪戦苦闘していた。携帯電話が鳴るのは久しぶりで、なんの音か一瞬わからなかった。リジーはあっと叫んで不安定なスーツケースから飛び下り、藁《わら》にもすがる気持ちで携帯電話をつかんだ。

「セバステンだ……」

彼が電話をくれた！ リジーは天を仰いで目を閉じ、心の中で感謝の祈りをささげた。

「こんにちは」言葉少なに言い、天井からペンキがしたたり落ちる様子を見つめた。ローラーにペンキをつけすぎたみたい。シーツがだめになってしまったけれど、いいわ、そんなこと。幸せすぎて頭がまともに働かない。

「まずは住所を教えてもらいたい」知っているのを悟られないように気をつけて、セバステンは言った。

リジーは早口で教えた。

「今夜ディナーでもどうだい？」

こんな時間に誘ってくれるなんて。リジーはゆっくりと息を吸い、やっとの思いで自尊心を目覚めさせた。「せっかくだけど、今夜は無理なの」

「なんとか都合をつけてくれ」セバステンは急にいらだちを感じた。「来週は外国へ行ってしまうんだ」

リジーは青くなり、ペンキを塗り始めたばかりの悲惨な部屋を見渡した。「本当に行けないのよ。部屋を塗り替えている最中で――」

「珍しい言い訳は何度か聞いたことはあるが、それにしても――」

「今出かけたりしたら、永遠に終わらないわ……。あなた、ペンキ塗りは得意？」リジーは話の腰を折りたい一心で、思いつきを口にした。

「ペンキの刷毛《はけ》など使ったことがないし、使ってみようとも思わない」セバステンはこばかにした口調で答えた。不幸ぶるのもいい加減にしてくれ。ペンキ塗りだって？　この僕がか？　冗談にもほどがある！

つまらないことを言ってしまったと思い、リジーは頬が熱くなった。でも、いきなり出てこいと言われても。それに、どうせほかの女性の都合が悪くなったから、わたしを身代わりにと思って電話してきたのよ。「ひとりで頑張っているんだけど、あまり楽しい作業じゃないわ。もう切るわね……ペンキがそこらじゅうに垂れているの。またね……お電話ありがとう。さよなら！」

リジーは弱気にならないうちに電話を切った。またね、なんて言ったけれど、またの機会なんてあるわけがないわ！

セバステンは呆然《ぼうぜん》として受話器を見つめた。勝手に電話を切るとは。リジー・デントンは何さまのつもりなんだ？　ショックがおさまると、彼は口もとにこわばった笑みを浮かべた。僕の好奇心をそそるためなら手段を選ばないというわけだ。セバステンは秘書に電話し、今夜仕事を頼めるペンキ屋を探すよう命じた。

　夕方の六時。リジーは疲れ果て、みじめな結果に泣きそうになっていた。持ち物も、自分自身までもペンキまみれになり、おまけに天井も壁も塗りむらがひどい。ノックの音に、彼女はペンキのついた手でくしゃくしゃの髪をかきあげ、ドアを開けた。

　セバステンが立っていた。グラビアから抜け出たような姿だ。紺のデザイナーブランドのスーツはとびきり上等で、長身で筋肉質の体格を際立たせている。リジーの胃の中で蝶《ちょう》の群れがはばたき、心臓も早鐘を打ちだした。

「何を着ているんだ?」彼の視線がレオタードのような服に注がれた。だが、薄い生地がくっきりと描きだすしなやかで女らしい体ばかりが目に入り、セバステンは欲望を制御できない自分に怒りを覚えた。

「スポーツウェアよ……ほかにふさわしいのがなかったから」彼が目をむくのも無理ないわ。お化粧もしていないし、すさまじい格好だもの。

「裸でしたほうがよかったかもね!」リジーはセバステンが訪ねてきた理由を考えようと努めた。

　裸で、か……。セバステンはその姿を思い浮かべないようにしたが、欲望は衰えることを知らなかった。

「ペンキ屋を連れてきた……だから、ディナーに出かけよう」セバステンは悲惨な部屋を見まわし、眉を上げた。僕ならもっとうまく塗れただろう。「服を持っておいで。僕の家で着替えたらいい」

「ペンキ屋さん……を？」リジーはまだ緑色の目を見開いて彼を見つめていた。プロの職人を呼んでくれたのも驚きだが、彼のさりげない言い方はそれ以上に衝撃的だった。わたしを食事に連れだすためなら職人を呼ぶのも当たり前だと思っている。セバステンは人からノーと言われたことがないのね。すべて自分の思いどおりにしようとする。欲しいとなれば、何がなんでも手に入れるタイプなんだわ。

「迷惑かい？」セバステンは極上の笑顔を彼女に向けた。

彼の本性を見抜いた直後にもかかわらず、彼の笑みを見たとたん、リジーの心は舞いあがった。

「ペンキ塗りはあまり楽しくないと言っていただろう」

「ちっともうまく塗れないの」この人は実際的な考え方をするのね。わたしのために自ら刷毛を取る気はなくても。

「それで？」

リジーはセバステンがいらいらしているのに気づいた。すぐに同意しては相手の思うつぼだとわかっていた。それでも彼女はワードローブをかきまわし、気がついたときにはレオタードの上にレインコートを羽織っていた。「めちゃくちゃな格好でしょう」そう言ってバッグを出し、引き出しをいくつか開けた。

「僕の家でペンキをきれいに落とせばいい」セバステンは引きしまった手をリジーの背に添え、せき立てるように外へ促した。

リジーはライトバンのそばで待っていたペンキ屋に鍵《かぎ》を渡し、いちばん安いペンキを買ってあると注意した。それからセバステンに問いかけた。「いつもこんなに強引なの？」

「いつもだよ」悪びれた様子もなく、セバステンはまじめくさって答えた。「仕事も遊びも全力を尽くす主義だ。それに、君に会うのをあと一週間も待ちたくなかったんだ」

リジーはレインコートの前をかき合わせ、冷静になろうと努めたが、心はすでにはるか高みをさまよっていた。セバステンは本当に今週はずっと忙しかったのかもしれない。でも、わたしに電話しておしゃべりするくらいはできたんじゃない？　そんな疑問が頭をかすめつつも、リジーは大ニュースを早く伝えたくてたまらなかった。

「明日の午後、面接を受けることになったのよ」リジーは胸を張って言った。

「どこで？」

「ＣＩっていう大企業よ」リジーはにっこりした。

セバステンは目を伏せ、笑いを悟られまいとした。リジーはＣＩがコンタクシス・インターナショナルの略だと気づいていない。面接の前日というのに、会社を調べてもいないわけだ。それとも、僕の会社と気づいているのに、知らないふりをしているだけなのか？

リジーは続けた。「休暇をとる社員の穴埋めに臨時採用するという話なんだけど、きちんと仕事をこなせたら正社員になれるかもしれないわ」

「仕事が欲しくてたまらないようだね」セバステンはからかった。あの仕事を彼女が続けられるわけがない。最高につらい作業を最低の賃金で与えるよう、彼は会社に命じていた。履歴書を早く見てみたい。リジーはいくつ嘘を並べたててくるだろう。

「もちろんよ……破産寸前だもの！」リジーは叫んだ。

セバステンに怪訝《けげん》そうな顔をされ、リジーの喉から頬へと赤みが広がっていった。

「びっくりしたなんて言わないでね。街の中心からうんと離れた最悪のアパートに住んでいるのは、健康のために早起きして通勤しようと思ったからじゃないのよ！」

「どうして僕が勧めたアパートメントに住まなかったのか理解できないね。今からでも遅くないよ」

「ありがとう……でも、ひとりで生きるすべを身につけないと。ペンキ塗りに失敗したときは、どうしようかと思ったわ。簡単そうに思えたのに。何事も途中でほうりだすのはいやなの。部屋に残ってペンキ屋さんの塗り方を勉強すればよかった」

「まあいいじゃないか」セバステンは彼女を待ち受けるCI社での試練の数々を思った。

一時間半後、リジーは豪華な客用の寝室で自分の姿を鏡に映していた。念入りにシャワーを浴び、気分がすっきりした。今まで当然だと思っていたあれもこれもが、もう二度と味わえないかもしれない贅沢《ぜいたく》だった、と彼女はつくづく感じ始めていた。

リジーは緑色のドレスを着ていた。背中が斜めにカットしてある、お気に入りのドレスだ。ただ、慌てて出てきたので、化粧品を忘れてしまった。

セバステンのタウンハウスの階段を下りながら、リジーは彼の寝室に通されなかったことを深く感謝した。明日の面接に備えて寝不足になりたくなかった。セバステンという人をろくに知りもしないうちに再び抱かれるのはまずい、との思いもあった。

リジーが階段を下りてくるのに気づき、セバステンはその姿に見入った。

リジーは照れくさくなり、わざと変な顔をしてみせた。「わたしと出かけるのをやめたくなった？　化粧品を忘れてしまったの」

「君は肌がとてもきれいだし、自然な感じがいい」

「男の人ってみんなそう言うのよね。お化粧なんて見た目をごまかしているだけだって。でも、素顔を見て本当にすてきだと思ってくれる人なんてほとんどいないわ！」リジーは笑った。

今流行《はやり》のレストランに二人が入っていくと、かなりの客が振り返った。リジーは知り合いに会うのを恐れ、右も左も見ないようにしていた。セバステンが知り合いを見つけて立ち止まるたび、偽名で紹介されたらどうしようとびくびくしていた。幸い紹介されることはなかったが、彼に嘘をついたことを認め、その理由も説明しなければ、と彼女は痛感した。

前菜の注文がすむなり、リジーは深呼吸し、勇気がしぼんでしまわないうちにきりだした。「あなたに言わなければいけないことがあるの。話を聞いたら、あなたはわたしを嫌いになってしまうかもしれないけれど。わたしの名字はビューフォードじゃなくて――」

「デントンだろう」セバステンは心の中でリジーの機転に舌を巻いた。レストランで連れの女性とけんかをする男はめったにいない。おまけに、僕たちはみんなの注目の的になっている。リジーは敵として申し分ない。

リジーはびっくりして彼を見つめた。「知っていたの？」

一週間前のあの朝に君の運転免許証を見た、とセバステンは説明した。

リジーは青ざめた。「まあ、そうだったの……。わたしのこと、どう思った？」わたしがバスルームから出てくるまで待っていてくれなかったのも、別れるときによそよそしい感じだったのも、そのせいだったのね。「本当にごめんなさい……。ばかみたいな嘘をついたのに、それでも会いたいって言ってくれたからびっくりしたわ」

「最初の質問だが……時機が来れば君は説明してくれるだろうと思っていた。偽名を使うからには、それなりの理由があったのだろうからね。それから、君との再会については……」セバステンは食い入るようにリジーを見つめ、赤らめた顔に不安が色濃く映っているのを認めて満足した。「僕たちはすばらしく情熱的な一夜を共にしたじゃないか。君とはもう二度と会わないなど、思いもしなかったよ」

安堵《あんど》とくすぐったい喜びとがリジーの胸の中にこみあげた。我慢してくれた彼に、お礼として嘘をついた理由をきちんと言わなければ。「わたしは……その……コナー・モーガンと少しだけ関係があったの。彼が亡くなる二、三日前までは。あなたがわたしたちのうわさを知っているかどうかわからないけれど……」

少しだけ関係があっただって？　控えめな言い方をするにもほどがある。セバステンは笑い飛ばしたい気分だった。リジーが美しい瞳を曇らせ、わかってほしいと彼を見つめているのも、みごとな策略に思える。ウエイター長がワインを満たしに来た。セバステンは椅子の背にもたれ、同情して耳を傾けているふりをした。「自殺したといううわさは聞いたが、彼はそんなことをする人間じゃないし、遺書も残していなかったんだろう」

彼は知っていたんだわ。リジーはほっとしてワイングラスを取ったものの、手がどうしようもなく震えてテーブルに戻した。「誰にも話さないって約束してくれる？」

誰かに話したら嘘だとすぐにばれてしまうからだろう。セバステンはうなずいた。それから低くつぶやいた。「コナーは君をリジーではなくリズと呼んでいた……違うかな？」

「コナーはそういう人なの。前にリジーっていう子とつき合っていたから、わたしのことはリザと呼ぶっていつも言っていたわ」

「じゃあ、話してくれ」

「コナーに初めて会ったのは三カ月ほど前だったわ。彼のことが好きだったの。みんなも彼が好きだった。彼が来ると、場がぱっと盛りあがるの」言葉を選ぶのがむずかしく、リジーは顔をしかめた。かつてのボーイフレンドとの関係を別の男性に語るのは賢明とは思えない。「彼にのぼせていたんでしょうね。でも、恋人になれるとは思っていなかった。ある晩、コナーがパーティでわたしにキスをして、外に出ようと言ったときはびっくりしたわ。わたしは彼の好みのタイプだと思っていなかったから……結局、わたしの思ったとおりだったの」

「というと？」

「コナーはある人妻との熱い関係を隠すためにわたしを利用していたのがわかったの。亡くなる四日前だった」セバステンに信じられないという顔をされ、リジーはたじろいだ。「嘘みたいに思えるでしょう。コナーはいつも明るい青年で通っていたから。でも、本当よ。二人が一緒にいるのを見てしまったの。ものすごいショックだったわ」

「相手の女性は誰なんだ？」すばらしい創造力だ。話にあらがまったく見えない。冷酷な女から裏切られた犠牲者へと一瞬にして身を転じ、コナーを悪者に仕立てあげるとは。セバステンは亡くなった弟を思った。穏やかな仮面の下で、激しい怒りが渦巻いた。

「それは言えないわ。誰にもしゃべらないとその女性に約束したから。彼女はとても苦しんで、後悔して、コナーと別れたの。コナーはその人に夢中だったけれど、彼女は結婚生

これだけよ」

活に退屈して年下の男性との火遊びを楽しんでいたにすぎなかった。あなたに言えるのは

「誰なんだろう。ぜひ教えてほしいな」セバステンはたたみかけた。よくもばかげた嘘をついてくれたな。化けの皮をはがしてやる。

「ごめんなさい。どうしても言えないの。それに、もうすんでしまったことよ。コナーは軽い気持ちでわたしと会っていたの……ベッドを共にしたことは一度もなかったし」消え入りそうな声だったが、この事実だけはどうしてもセバステンに知っておいてほしかった。

「でも、わたしにとってはまだとてもつらいの。あんなふうにばかにされたんだもの、コナーなんか嫌いになってしまったわ」

「そうだろうね」セバステンはまことしやかに同意した。

「彼のお母さんにお悔やみを言おうとブライトンに行って、彼が亡くなったのはわたしのせいになっていることを初めて知ったわ。コナーが酔っぱらい運転をして事故を起こしたのはわたしが彼を捨てたからだと、みんなは思いこんでいたの」リジーは苦しそうに打ち明けた。

なるほど、イングリッドはリジーにモーガン家の敷居をまたがせなかったと言っていた。

「それでどうなった?」

「彼のお母さんにひどいことを言われて……でも、許してあげようと思っているの」そう

は言ったものの、イングリッド・モーガンに悪意に満ちた言葉を浴びせられたのを思い出し、リジーはますます青ざめた。「彼女は悲しみのあまり気が動転していたのね。コナーが自分の母親に人妻とつき合っているなんて言うわけないもの。お葬式に出たら教会から追いだすって彼のお母さんに言われたわ！」

「じゃあ、君はずっと濡《ぬ》れ衣《ぎぬ》を着せられているのか。とんでもない話だ」セバステンは語気を強めた。

「友だちはみんな離れてしまったし、父も家から出ていけって」彼の表情にも太い声にも怒りがにじみ出ているのを感じ、リジーはうれしかった。彼女は、セバステンが彼女のために怒ってくれていると思いこんでいた。

「お父さんには真実を打ち明けたんだろう？」

リジーは緊張し、目をそらした。「いいえ……父はコナーの不倫相手を知っているの。父が誰かに話してしまいそうな気がして」

「君の寛大さには感じ入ったよ。その女性は、君が自分を犠牲にしてまで守るような人でもないのに」セバステンは静かにゆっくりと言った。

「彼女の結婚生活を踏みにじってもコナーは生き返らないし、あの人は痛い目に遭ったと思うわ」リジーはメインの料理を見つめたが、食欲はまったくなかった。長ったらしく要領を得ない説明で、せっかくの夜を台なしにしてしまった。

セバステンはテーブル越しに手を伸ばし、固く握りしめたリジーの手を包んだ。「力を抜いて……。君が嘘をついたわけがわかったよ。あんなにすばらしい一夜を過ごしたあとで、僕が君に迷惑をかけるようなことをするかもしれないと思って、怖くなったんだね」

ややあってリジーは顔を上げ、思わず歯を見せて笑った。からかうような言い方ひとつでセバステンはわたしから不安を取り除き、この話題に終止符を打った。頭のいい人だわ。暗い金色に輝くゴージャスな瞳と視線が合い、リジーはめまいを覚えた。

レストランを出たあと、二人は軽い言い合いをした。セバステンがリジーを自宅へ連れていくと言い張ったからだ。

「ほかに行くところがあるのか？　ペンキ屋はまだ仕事中だぞ！」セバステンはもどかしげに言った。

「どうしてわかるの？　テレパシーとか？」

「あのひどい塗り方を見ただけでわかる。夜明けまでに作業が終わったら幸いというものだ！」

「電話して確かめてみたら」リジーは大きなあくびをしかけ、慌てて口を手で押さえた。眠くてたまらない。

「たとえ作業が終わっていても、ペンキの匂《にお》いが充満した部屋では眠れないぞ」セバステンは説明しながら怒りをつのらせていた。ベッドを共にしたくないふりをされるとは夢にも思わなかったのだ。「今夜君を寝かせるベッドで僕は寝ない！」

「そう……」意外な展開にリジーは驚き、セバステンの態度をすばらしいと思った。「それならいいわ……どうもありがとう」

女性を鼻であしらい、これほど拍子抜けの反応をされたのは、セバステンにとって初めての経験だった。リジーは申し訳なさそうに笑みを浮かべてリムジンに乗りこみ、彼をその気にさせるようなまねはいっさいせず、おまけに寝入るという罪まで重ねた。セバステンは自宅の前で彼女を揺すって起こした。

「まあ、わたしったら寝ていたの？　退屈だったでしょう」リジーは口ごもりながら言い、車を降りて石段を上がりかけた。しかし、ふと立ち止まり、きつい靴を脱いだ。「立ったまま寝てしまいそう。さっきワインを飲まなければよかった」

リジーは眠くてたまらなかったが、懸命に頭を働かせていた。セバステンになんの期待もされていないのは喜ぶべきだわ。だけど、客用の寝室に向かっている今も、彼はキスさえしようとしない。リジーはしだいに落ち着かない気分になってきた。コナーの話をしたのが間違いだったのね。彼はわたしにいや気が差したんだわ。

磨き抜かれた階段の踊り場まで来たとき、ストッキングを履いた足が滑って転び、リジーは膝をしたたかに打った。「なんて家なのかしら……まるでわたしのために罠《わな》を仕掛けてあるみたい！」涙があふれてくる。

セバステンは心配してしゃがみこんだ。リジーの頬を涙が伝う。本当に痛かったらしい。

「救急車を呼んだほうが――」

「ばかなこと言わないで……単なる打ち身よ……疲れているだけ。この一週間、本当にきつかったから」

そしてリジーは泣きに泣いた。男性を落ち着かなくさせるような、しおらしく女らしい泣き方とはほど遠いものだった。うつむき、子どものようにしゃくりあげている。そのみじめな姿を見て、セバステンは喜ぶべきだと思った。こわばった表情でリジーを抱きあげ、自分の寝室に運び、ベッドに横たえてあとずさった。彼女に興味を示しているという立場上、客用の寝室にひとり置き去りにするのは不自然だし怪しまれるだろう。

リジーは意志の力を振り絞って泣きやみ、腫《は》れたまぶたを開いた。疲れているのは事実だが、泣いたのは感情が高ぶったからだ。無実の罪を着せられた今、誰かと信頼関係を築くなど不可能に思えてくる。家が、父が恋しい。

「あなたと出会ったのが先週で残念だったわ」リジーはいきなり言った。「いつもはこんなじゃないんだけど、信じてもらえそうにないわね」

ベッド脇《わき》の明かりの届かないところにいたセバステンは、ゆっくりと彼女に近寄った。

「風呂に入って寝るといい。疲れきっているんだ」

リジーは上掛けを引きあげ、赤銅色に輝く乱れた髪の間からセバステンを見つめた。

「じゃあ、またあとで……何箇所か電話しなければならないんだ」

「おやすみのキスをして」リジーは不意に、ドアへ向かいかけたセバステンにささやきかけた。

セバステンは立ち止まり、全身に緊張をみなぎらせて振り返った。「今夜は疲れていて何もしたくないんだろう?」

「あの……愛し合わないのならキスもお預けってことなのね」拒絶されたのは骨身にこたえたが、リジーはうなずいてみせた。

「ばかなことを言うな!」

「もうわたしのことをなんとも思っていないの?」リジーはどうしても返事を聞きたかった。

セバステンは部屋を大股で横切り、リジーの両腕をつかんでベッドの上に正座させた。金色にきらめく瞳に、リジーは我を忘れそうになった。なんの前触れもなく彼の口が重ねられた。いきなり嵐《あらし》の海に突き落とされたようで、リジーの全身に震えが走る。熱いものがこみあげ、彼女はついに彼の腕にぐったりともたれかかった。

「これで質問の答えになったと思う」セバステンは高い頬を染め、激しい欲望にとまどいながら、リジーをベッドに横たえた。

それから数分後、リジーは埋めこみ式のバスタブにつかり、彼が入ってくるのを待っていた。そのうちに自分の奔放さが恥ずかしくなり、二百枚ほどあるセバステンのシャツからまた一枚失敬してベッドにもぐりこんだ。

さっきの熱いキスで気持ちが楽になり、リジーは夢見るような笑みを浮かべ、やがて眠りに落ちていった……。

5

朝日が差しこむ寝室でリジーは目を開けた。セバステンが見下ろしている。リジーは恥ずかしさもきまり悪さも感じなかった。うれしさだけがこみあげてくる。長年彼の隣で目を覚ましているような、ごく自然な感じがした。だが、長年そうしていたのなら、髪を乱した彼がすぐそこにいるのをもう少し冷静に受け止められただろう。リジーはけだるく伸びをし、金色の瞳をのぞきこんだ。それだけで心臓が罠《わな》にかかった小鳥のように激しく暴れだした。

「おはよう」リジーはささやき、ほほ笑んだ。「そんなに見つめないで」

ブランデーを三杯飲み、冷たいシャワーを浴びても、セバステンの激しい欲望は衰えなかった。僕が求めているのは単なる男女の営みだ、感情など関係ない、と彼は自分に言い聞かせた。

セバステンはつやつやと輝く後れ毛に指を走らせてリジーを抱きしめ、熱い視線を注いだ。「ゆうべは君が欲しくて一睡もできなかった」

リジーはすでに呼吸が苦しくなっていた。

「それに、また僕のシャツを着ているな……。この代償は払ってもらうぞ」

シャツのいちばん上のボタンを素早く外され、リジーは身を震わせた。そして蜂蜜《はちみつ》のようにとろけながら、浅黒く男性的な彼に見とれた。「わたしが払うと思う?」

「払うさ」セバステンはかすれ声で応じ、じらすかのごとくゆっくりと二番目のボタンを外した。彼の視線はリジーの胸の頂に釘《くぎ》づけになった。

「どうしてわかるの?」たやすく屈すると思われたことが悔しい。

「君のすばらしい体は僕にはっきりメッセージを送ってきている」セバステンはシャツをはだけ、身をかがめて淡いピンク色のつぼみに歯を立てた。

リジーは低く押し殺した叫びをあげ、彼に身を預けた。

「今度はルールを変えよう」セバステンが顔を上げて提案した。「君はじっと寝ているんだ。もし動いたり声を出したりしたら終わりだよ」

「な、なんですって?」

「君は興奮するのが早すぎる」

「いけないの?」リジーは顔を真っ赤にした。

セバステンのブロンズ色の顔にかすかな笑みがよぎった。「君を官能的な喜びの拷問で苦しめる口実が欲しいんだ……いいだろう?」

リジーの全身は怖いほどの期待に包まれた。「じゃあ、おとなしく寝ているわ……ペンキのことでも考えて」

「ペンキが乾くのを見ているよりずっとすばらしいよ」セバステンは楽しそうに笑い、表情豊かなリジーの顔を見やった。

彼の言うとおりだった。どんな愛撫《あいぶ》を受けても、体がどんなに彼を求めても、声を出さずにじっと耐えているのは、なんとも刺激的だった。柔らかい胸を包み、硬い頂をもてあそんでいたセバステンは、リジーの我慢が限界に達する寸前、別の場所へ関心を移した。彼の唇が背筋を這《は》い、全身がゼリーのようにとろける。こんなところがと思う部分まで、彼女は感じていた。激しい情熱の炎に身を投じたい。でも、彼が愛撫をやめてしまうのはいや。こんなにすてきな感覚を次から次へと紡ぎだしてくれているのに。

「君はとてもすてきだ」セバステンはうめき、力のみなぎる体を震わせた。リジーにルールを押しつけたときは自分の優位を確信していたのに、それはかえって自分の首を絞める結果になっていた。

リジーは太古の女性イブを思わせる笑みを浮かべて身を起こし、官能的な彼の唇にキスをした。セバステンはリジーを枕《まくら》に押しつけ、荒々しく彼女の唇をむさぼった。リジーの体の中で花火が炸裂《さくれつ》した。彼女を激しく求める気持ちと、彼のペースの変化はみごとに一致していた。

「君が欲しい……今すぐ！」セバステンは乱暴にリジーを引き寄せ、我が身を深くうずめた。

リジーは自制心をかなぐり捨て、一気に頂点目がけて駆けのぼり、あまたの星くずとなって砕け散った。

「君に勝ち目はないな」セバステンはいきなり笑い、ゆっくりと優しいキスをした。

リジーはどきりとした。「ごめんなさい」つぶやいた瞬間、リジーは彼への愛を悟った。心の底からセバステンを愛している。生まれて初めて知る感情だった。

「謝らなくていい……君は信じられないほどすてきだよ」自制するのは明日からだとセバステンは自分に言い聞かせ、再びリジーに手を伸ばした。


ちょうど二週間後、リジーは初出勤した。

仕事に集中できる心境ではなかった。その日の午後、セバステンは海外出張から帰国する予定になっていた。この二週間、彼は二度しか会ってくれなかった。どちらも二人きりになれる状況ではなく、リジーは彼の帰国を心待ちにしていた。彼のことしか考えられなかった。

コナーはわたしのプライドも、自信も、人を信じる気持ちも、すべて踏みにじった。でも、セバステンとつき合うようになって初めて、今までよりも優しい気持ちが芽生えてきた。どんな些細《ささい》なことでもいい、彼について知りたい。だけど、セバステンはなかなか自分を語ろうとしない。かっとなりやすい性格を強い意志で封じこめ、見た目は冷静そのものだ。その落差がなんとも魅力的に感じられる。矛盾の塊のようなセバステン。彼と会うたび、電話で話すたびに、リジーは彼に引きつけられていった。

案の定、CI社での初日はさんざんだった。

「注意事項が二、三あります」紺のビジネススーツに身を包んだ六階の事務長ミリー・シャープはいかめしい口調で告げた。「地下鉄の下車駅を間違えたというのは、遅刻の理由になりません。明日から気をつけてください。それから、我が社の服装規定はもらったかしら?」

リジーは顔をしかめた。「はい」

「規定には地味な色のスーツと書いてあるでしょう。スカートはもっと長めのものにして、靴にも気をつけるように。カジュアルな格好はいただけません」

リジーは流行《はやり》の緑色のスカートに同じ色のトップというい でたちだった。トップの袖口《そで》と襟ぐりにはフェイクファーがついている。足もとはヒールの高いサンダルだ。リジーは顔を赤らめた。新しい服一式を買うお金があると思っているのかしら。地味な色の服なんて買ったこともないし、オフィスにふさわしい靴なんかひとつもない。パンツ類だって、持っているのはジーンズとチノパンだけだ。

「髪もまとめるとかしてください。そんな髪型では会社の機材を扱うときに危険です」

学生時代よりもうるさいわ。当時は、イヤリングを外し、マニキュアを取れと注意されたけれど。

それから電話の交換台に案内され、数々の操作方法を聞いているうちに、リジーは緊張のあまり頭が働かなくなってしまった。

以後は悪夢の連続だった。かかってきた電話を話し中の内線や違う内線につないだり、話の途中で切ってしまったりと、ボタンの操作を誤って大混乱を引き起こした。会社じゅうの内線をたらいまわしにされた挙げ句、交換台に戻ってくる電話もあった。リジーは電話をかけてきた人たちからこっぴどくのしられ、社員からも文句を言われた。

「交換手はいつも落ち着いていないとだめよ」着信のランプがついただけで震えあがり、交換台の陰に隠れようとするリジーを見かねて、ミリー・シャープが叱《しか》りつけた。

やがてリジーはコピー業務へ配置転換となった。コピー機はセンサーつきで、人が近づくといきなりうなりだして作動する。リジーはぎょっとしたが、交換手の仕事よりはましだと思った。ただ、長い間立っていると目がまわり、胃がむかむかしてくる。おかげで昼食は喉を通らなかった。

コピーが終わるのを待っているとき、リジーはカラーコピー機に接続しているコンピューターを操作した。インターネットでセバステンのことを調べたいという誘惑に勝てなかったのだ。だが、画面に彼の写真が映しだされただけで鼓動が速くなり、それ以上何も検索できなかった。写真ばかりを食い入るように見つめていた。これを印刷して持ち帰ったら、今日のストレスを忘れられそうだわ、と彼女は思った。

だが、コピー機が印刷を始めると、次から次へとセバステンの写真が吐きだされてきた。最初のうち、リジーはすべてのハンドバッグに一枚ずつ忍ばせておける、とのんきに構えていた。ところが、ハンドバッグの数を超えても印刷は続いた。キャンセルを試みても、機械は止まらない。パニックに陥りかけたとき、ミリー・シャープが現れた。

事務長はセバステンの写真を手に取り、なじるような視線をリジーに向けた。「どこからこれを?」

「一枚だけ印刷するつもりが――」

「いったい、何枚印刷したの?」ミリーは分厚いコピーの束をひったくり、ざっと目を通して眉をつりあげた。「同じ写真を四百枚も?」

リジーの顔は髪の生え際まで赤くなった。「本当にごめんなさい」

「この特殊なコピー用紙が一枚いくらするかわかっているの?」

二百ポンドも無駄にしたと聞かされ、リジーは打ちのめされた。

「しかも勤務時間中に!」ミリーは怒りに声を震わせた。「ミスター・コンタクシスの写真をコピーするなど、失礼きわまりない行為です。今日は文具倉庫の整理をしていなさい」

セバステンの写真をコピーするのがなぜ失礼なのだろう。いぶかったそのとき、リジーは激しい吐き気に襲われ、化粧室へ駆けこんだ。吐き気がおさまってからもめまいがひどく、化粧台に手をついて体を支えていなければならなかった。

しばらくして金髪の若い女性が入ってきた。「ローズマリーよ。医務室にご案内するわ」女性はそう言ってほほ笑んだ。今までの女性社員たちよりは親しみの持てる笑みだった。

「もう大丈夫です」リジーは慌てて言った。失態を演じたうえに医務室に行ったとなれば、今日限りで首になるのは目に見えている。

「まだ顔色が悪いわ。ミリー・シャープに負けちゃだめよ。あの人はあなたの採用方法が気に入らないんだと思うの」

リジーは眉をひそめた。「採用方法って？」

ローズマリーは用心深く肩をすくめた。「妙なうわさが流れているのよ。あなたは普通採用じゃなくて、重役のコネで入ったんじゃないかって」

リジーは目を丸くした。「そんなばかな――」

「臨時雇いの人はすてきなデザイナーブランドのスーツなんか着てこないわ。それに、コピー機であんなことをしたら自殺行為よ」ローズマリーはリジーと並んで化粧室を出ながらくすくす笑った。「セバステン社長のピンナップを四百枚もコピーしちゃうんだもの。

ミリーは全部持ち帰って、家じゅうの壁に貼《は》るつもりよ」

「社長？」きくのが遅すぎた。ローズマリーはすでに立ち去っていた。

リジーは文具倉庫に飛びこみ、携帯電話でセバステンを呼びだした。「ここってあなたの会社なの？」

「そうだよ……やっと気づいたのかい？　CIはコンタクシス・インターナショナルの略なんだ」

「あなたがこの仕事を用意してくれたの？」

「君の実力では無理だからね。人事課はたとえ臨時雇いでも危険を冒すようなまねはしない」

「ありがとう……」リジーは震える声で言い、それから怒りをこめて続けた。「わたしを能なし扱いしてくれて。ここがあなたの会社だと教えてくれなかったことにもお礼を言うわ！　おかげで恥のかきどおし。そのうえ、みんなからは優遇されていると白い目で見られるし！」

「ほかに礼を言いたいことは？」リジーの気持ちを逆撫《な》でするような口調だった。

「仕事はないと困るけれど、事情を教えてくれてもよかったでしょう！」リジーは猛然と食ってかかった。「あなたから哀れみなんか受けなくても――」

「君に哀れみなど施していないよ」セバステンはやんわりと否定した。「今夜ディナーパーティがあるから、八時に迎えに行く。いいね？」

リジーは震える指で髪をすいた。「わたしが言ったこと、わかった？　今夜は会いたくないわ」

「今の言葉は聞かなかったことに——」

「今夜は会いたくないわ、あなたには」リジーは唇を噛《か》みしめた。「わたしの気持ちを大切にしてくれない人とは一緒にいたくない！」

「好きにしたまえ」電話は唐突に切られた。

帰宅したリジーは、ペンキ屋の手でみごとに生まれ変わった黄色い部屋で呆然《ぼうぜん》と立ち尽くした。何もかも終わり……。彼とはもう会えないのかしら？　わたしの言い分が間違っていたの？　彼が手をまわしてくれなかったら、仕事を見つけるのにどれくらい時間がかかっただろう？　特技も職歴もなく、十八歳のとき学校の試験でAを取っただけで、なんの資格もないのに。その後の四年間、リジーは人事課に認めてもらえそうなことは何もしていなかった。

七時ごろ、携帯電話が鳴った。父の声がして、食事に誘われた。家を出て以来、父とは一度も話をしていなかったので、リジーは心底うれしかった。

食事の間じゅう、リジーは快活にふるまおうと懸命に努めた。フェリシティが家政婦を辞めさせてくれと言い張っている、とモーリス・デントンは力なく打ち明けた。ミセス・

ベインズは十年以上もデントン家に尽くしてきた。気むずかしいところがあるにせよ、実に有能な家政婦だ。

「おまえならフェリシティと冷静に話せるんじゃないかと思ってな」父は期待をこめて締めくくった。

「お断りするわ。わたしには関係ないもの」そう言ったものの、リジーはミセス・ベインズが継母《ままはは》に何をしたのか知りたくなって、きいてみた。

「わからん……実は、妻がどういう人間かわからなくなるときがあるんだ」モーリスはいらだちを隠しきれずにつぶやいた。

そのころ、セバステンはディナーパーティにひとりで出かけ、隅のテーブルで一時間ほど男たちの猥談《わいだん》を聞いていた。だが、どうにも気が晴れず、彼にほほ笑みかけてくる女性たちを鼻であしらい、早々に退席した。車で帰宅する途中、彼はリジーと面と向かって話し合おうと決心した。

路肩に車を止めたとき、ちょうどリジーがポルシェから降りてくるのが見えた。はっとするような青紫色のミニドレスを身にまとっている。彼女は宝くじにでも当たったような笑みを浮かべて運転席の側にまわり、がっしりした長身の男性を抱きしめた。

モーリス・デントンは娘に抱擁を返し、ため息をついた。「なんとかひとりでやっているおまえが誇らしいよ。おまえのことを誤解していたようだ」

父親の車が見えなくなるまでうれしそうな笑みを浮かべ続けていたため、リジーは顎が痛くなってきた。心の中では矛盾する思いにさいなまれていた。父親は結婚生活にひずみが生じていると娘に明かした。かつてのリジーなら大喜びしただろう。だが今は、自分は継母に対し意地悪い見方ばかりしていたのではないか、と気になってしまう。フェリシティは妊娠のストレスで参っている。罪の意識に苦しみつつ出産するのだろう。

「今夜は予定があったようだな」なまりのあるゆったりとしたなじみ深い声が背後で響いた。

物思いにふけっていたリジーははっと振り向いた。セバステンはすぐそこにいた。深紅のランボルギーニの磨き抜かれたボンネットにもたれて。わたしに会いに来てくれたのね。安堵《あんど》のあまりとろけそうになるリジーを、暗い金色の瞳が鋭くとらえた。

「セバステン?」彼の険しい表情に、リジーは身構えた。

セバステンは背筋を伸ばして彼女に歩み寄った。「今日はわざとけんかを吹っかけたわけか?」

リジーはわけがわからず、眉をひそめた。「なんのこと?」

「今夜は別の計画を立てていたんだろう」セバステンは怒りをぶつけたかったが、ここは路上でボディガードたちの車も近くにいる、と知性が自重を求めていた。

「何を言っているのかさっぱりわからないわ」リジーは父親のことも忘れ、セバステンが怒っている理由について必死に考えた。

「売女《ばいた》め！」セバステンは拳《こぶし》を固め、吐き捨てた。

彼が激しい気性をむきだそうとしていることに気づき、リジーは息を吸いこんで気を落ち着けてから言った。「もっと声を落として……英語で言ってくれない？」

僕はギリシア語でしゃべっていたのか。セバステンは瞳に怒りをたぎらせ、英語でまくしたてた。

あまりの言いようにリジーは言葉もなく、呆然と彼を見つめた。

「これから一緒にうちへ来てもらおう。二人だけで話し合いたい！」

リジーの口から甲高い笑いがかすかにもれた。今からどこかへ一緒に行くわけがないでしょう。

セバステンはいきなり彼女の肘に手をあてがった。

彼の強引さが気に入らず、リジーはその手を振り払ってあとずさった。「頭がおかしくなったの？　わたしがばかなことを言ったからって、わざわざここまでののしりに来たの？」

「君はポルシェに乗っているばか者にお世辞を言っていたな。やつはいつからうろついていたんだ？」セバステンは激しい怒りに駆られ、もはやまわりのことなど眼中になかった。

父のことを言っているのね。ようやく合点がいったリジーは緑色の瞳を光らせ、顎をぐいと上げてみせた。「わたしが生まれる前からよ。父は年のわりには若く見えるでしょう？　とても健康なの」

「なんだって……君のお父さんだったのか？」セバステンは狐《きつね》につままれたような顔をした。

「おやすみなさい、セバステン」リジーは女王のごとき威厳をたたえ、踵《きびす》を返した。

セバステンは悪態をつき、すぐさまあとを追った。

ドアが震えるほど激しいノックだった。リジーはチェーンをかけたままドアを細く開けた。「帰って。よくもわたしをここまで侮辱できるわね。父をばか者呼ばわりして！」

セバステンが返事をする間もなく、目の前でドアが閉まった。

父親だったとは。あれは親子の愛情表現にすぎなかったのだ。誤解した僕を彼女は嘲《ちょう》笑《しょう》した。そのときの甲高い笑い声を思い出し、セバステンは険しい表情で車に乗りこんだ。帰宅したとき、彼はスピード違反の呼びだし状を手にしていた。

リジーは緊張をほぐそうと風呂につかり、やがて鼻歌を歌い始めた。セバステンの態度は気に食わない。しかし、彼が激高したのは嫉妬《しっと》のせいだと思うと、まんざらでもない。男性から嫉妬されたことなど一度もなかった。リジーは、自分が魅力にあふれた女性だと生まれて初めて感じた。浮気をしているとセバステンに思われたなんて！　リジーは顔をほころばせた。わたしの話をどこまで信じたかわからないけれど、彼はきっと電話をしてくる、と確信した。

翌朝、リジーはさえない気分で目覚め、うめき声をあげた。病気などめったにしないのに。変な感染症にでもかかったのかしら。そのときリジーは不意に、今月はまだ生理がないことに気づき、身をこわばらせた。妊娠？　そんなばかな！　しかし、彼女は昼休みに妊娠検査薬を買うことにした。あくまでも、不安を解消するために。

コンタクシス・インターナショナル社に着いたリジーは、地下のファイル収納室に連れていかれた。未処理の書類が優にトラック一台分はある。ミリー・シャープがにこやかに整理の仕方を教えてくれた。三カ月の契約期間中、ずっとこの不気味な地下室に閉じこめられるのだろうかと不安になる。

細長い廊下に足音がうつろにこだまし、リジーは廊下をのぞいてみた。見まわりの警備員だった。仕事をしていると、遠い物音が時折聞こえてくる。いちばん端の部屋で机に新聞を広げている老人がひとりいる以外、この地下で働いている社員はいないらしい。退屈で、寂しく、うんざりしてくるが、仕事は最後までやり遂げなければならない。きのうの失態があるだけに、解雇されなかったのをありがたく思わなければ。

昼休みに入るころ、快活な足音が響いてきた。また警備員の見まわりだろう、とリジーは思った。

「リジー！」セバステンの声が幾重にもこだました。彼はリジーを捜していくつもの事務室をまわり、相当いらだっていた。けさ早くアパートにみごとな花束を届けさせたのに、彼女が電話ひとつよこさなかったからだ。

リジーはドアのほうを振り向いた。「こんなところで何をしているの?」

「ここは僕の会社だ」

「威張りたいのね」彼の姿を見たいという誘惑に屈し、リジーは頬を赤らめた。

「ここは密会に最高の場所じゃないかな?」セバステンはドアを背中で閉めた。

「仕事中にわたしを捜しに来るべきじゃないと思うけど」言葉とは裏腹に、リジーは彼がわざわざ来てくれたことがうれしかった。

頭のてっぺんから爪先まで、本当にすてきな男性だと思う。生き生きして男性的なセバステンを見つめているうちに、リジーは体の力が抜けてしまいそうになった。チャコールグレーのビジネススーツは明らかに注文仕立てだ。シャツは淡いグレーと白のストライプで、ポケットにはモノグラムの刺繍《ししゅう》が施されているはずだ。前に失敬した二枚ともそうだったから。リジーはシャツを返すつもりはなかった。

セバステンの視線が、みごとな脚から紫色のシルクのスカートへ、さらに水色のトップへと上がっていく。彼の全身から激しい感情が放たれている。

「僕に会いたかったかい?」

「ゆうべ、あんなひどいことを言われたのに?　冗談でしょう!」リジーは敢然と言い放った。

「君のお父さんだなんてわかるわけがない」触れないつもりでいた話題をリジーに蒸し返され、セバステンはうろたえた。

「怪しいと思ったら、まず声をかけるべきよ」まともな人なら誰だってそうするわ。

セバステンは険しい視線をリジーに向けた。「怪しく思った女性を大目に見るようなまねはしない」

リジーは気色ばんだ。「じゃあ、あなたが知っているのは信用できない女の人ばかりなのね。でも、わたしをさんざん侮辱した理由にはならないわ！」

「あのときは、そう見えたんだ」セバステンはその話を避けようとしてどなった。

「誰かのせいで不愉快な思いをした経験があるのかしら？」セバステンが謝ろうとしないのも驚きだが、それにも増して、彼が女性をまったく信用していないことに、リジーはショックを受けた。

「母と三人の継母だけさ」セバステンは瞳に警告の色をこめ、自嘲気味に言った。

「三人も？」リジーはおもむろに口を閉じた。なんと言っていいかわからなかった。

「ひとりは金目当て、二人目は身持ちが悪く、残るひとりは麻薬常用者だ」セバステンは吐き捨てるように言った。家族の話をするのは苦痛だった。「これでわかってくれるだろう」

いいえ。わたしにわかるのは、あなたの女性不信と皮肉な考え方がいかに根が深いかっていうことだけ。洗練された外観の裏にこんな秘密があったなんて。彼の複雑さがよかったんでしょう？　内なる声がささやく。あなたが愛しているのは複雑きわまりない男性なのよ。セバステンが受けた心の傷を思い、リジーは胸を痛めた。

「あなたは謝るくらいなら、どんなことでもする人だわ。たとえ家族の秘密をもらしても……」リジーは冗談を言い、こわばった口もとに笑みを浮かべた。

思いがけない返答にセバステンは面食らい、躍っているような緑色の瞳を見下ろした。すでに攻撃的な気分は吹き飛んでいた。「あの花は詫《わ》びの意味だった――」

「花って？」

「けさ届いたはずだ」

「わたし、夜明けと共に家を出たの」リジーは顎を上げた。「お詫びのカードもついていた？」

「署名だけだ」セバステンの浅黒い顔に突然笑みが広がった。「君は本当にしつこいなあ」

彼のまばゆい笑みに、リジーの膝はがくがく震えた。全身に甘い緊張が走り、鳥肌が立つ。胸はふくらみ、その先端は硬くなっていた。「話題をそらさないで」彼女は震える声で警告した。

「君を黙らせるにはどうしたらいい？」セバステンは両手をリジーのほっそりしたウエス

トに置き、テーブルに座らせた。

「セバステン……」リジーは急な展開にとまどいつつ、内心喜んだ。「誰か入ってくるんじゃない？」

「さっき鍵《かぎ》をかけた」

「ずるい人ね」

「先見の明があると言ってもらいたいね」セバステンは言い返しながら身をかがめ、からかうようなキスをした。だが、彼女のみずみずしい唇に触れた瞬間、昨夜リジーが別の男性に抱かれているのを見たときの感情がよみがえった。そして原始的な欲望がわき起こり、彼は従順なリジーの唇をむさぼった。

セバステンの情熱に驚き、リジーは興奮し、胸が激しく高鳴った。肺が破裂しそうになり、彼女は意志の力を振り絞って彼を引き離した。「まじめに話し合いたいことがあるの」

「これだって充分にまじめだ」セバステンは光り輝く瞳でリジーを見すえながら、両手を彼女の太腿に走らせた。「僕たちが愛を交わしてから二週間になる……この二週間、どうしようもないほどの欲求不満にさいなまれていた……だからゆうべはあんな態度をとってしまったんだ」

リジーは必死の思いで彼の手をつかんだ。「あなたがこの仕事を用意してくれたという話も終わっていないのに――」

「でも、これでよかったと思う……君をそばに置いておけるからね」セバスティンはリジーの手をはねのけ、両手をヒップの下に差し入れて引き寄せた。

雄々しい高まりを押しつけられ、リジーはうめき声をもらし、両手を豊かな黒髪に走らせて彼にキスをした。今まで抑えつけてきたものを一気に解き放つ、激しいキスだった。セバスティンは喉の奥で満足そうにうめき、素早く上着とシルクのネクタイを取り去った。リジーは彼の意図を察し、口の中がからからになった。

「狂おしいほどに君が欲しい」セバスティンはセクシーな声でささやき、欲望に陰った瞳でリジーを見つめた。上気した彼女の顔に期待の色が浮かんでいるのを見たとたん、彼の自制心は消え失《う》せた。

「わたしも……」リジーは恥ずかしさをこらえ、自分の欲望を素直に認めた。

セバスティンは長い指で器用にトップの肩紐《ひも》を外し、胸もとを大きく広げた。たくましい腕を背中にまわし、生々しいキスをしながら、白いブラジャーのフロントホックを外していく。「欲求不満に慣れていないんだ……これほど必死になったのは初めてだ」

リジーもまさに同じ思いだった。すでに体は震え、呼吸は荒くなっている。胸の優しい曲線があらわになり、硬くなったピンク色の頂を褐色の手がもてあそぶ。あまりに激しい快感にリジーはあえぎ、彼を求めてじっとしていられなくなった。

セバスティンはパンティをはぎ取り、すでに彼を受け入れる準備が整っているのを知って感嘆の声をあげた。

「お願い……」リジーは懇願した。

セバステンは身を起こし、無抵抗のリジーをたぐり寄せ、シルクのような感触の中に分け入った。リジーは激しい興奮の渦にのみこまれ、セバステンにしがみついた。失神するのではと思うほど、想像を絶する激しい渦だった。苦しいほどのエクスタシーにもだえ、叫ぶ彼女の口を、セバステンは自分の唇でふさぎながら、彼女を深く貫いた。

今まで味わったことのない絶頂を迎えたあと、セバステンは唖然《あぜん》としてオフィスの味気ない空間を見まわした。一時的に意識を失っていたような気分だ。彼はリジーを起こすと、ほつれて額にかかった髪を撫でつけ、彼女に服を着せ始めた。

ドアをノックする音が歯切れよく響いた。セバステンは凍りついた。

朦朧《もうろう》としていたリジーも我に返って目を見開いた。四方をキャビネットに囲まれた部屋に、大柄の男性が身を隠す場所はない。「どうしましょう……」

「ほうっておこう」

「無理よ！」

「大丈夫――」

「すぐに鍵を開けないと警備員を呼びますよ！」ドアの向こうで女性がどなった。

6

セバステンは低くののしり、上着を拾いあげて袖《そで》を通した。その間にテーブルから飛び下りたリジーは、しわだらけになったスカートを撫《な》でつけ、はぎ取られた下着を身につけて顔をほてらせた。

「セバステン・コンタクシスだ……鍵《かぎ》が壊れて出られない！　メンテナンス係を呼んでくれ！」セバステンは落ち着きはらって言った。

五秒後、ハイヒールの靴音が足早に遠ざかっていった。セバステンはあとずさり、鍵を思いきり蹴《け》った。ドアは開き、鍵は壊れて彼の言葉どおりになった。彼の素早い機転がなかったら、リジーは人生最大の屈辱を味わっていただろう。

「先に出たまえ」セバステンの目は輝いていた。困難に立ち向かうのも、女性の前で最高のパフォーマンスを演じるのも楽しかった。「ファイルをいくつか持って、どこか別の部屋に隠れていればいい。今夜はポメロイ・プレイスの別荘で一緒に過ごそう。パーティもある。六時半に迎えに行くから、用意しておくんだよ」

「うれしい……。セバステン？」突然リジーは胸がいっぱいになってしまった。自分を抑えきれず、いぶかしげに片方の眉を上げて振り返った彼に抱きつき、両腕をたくましい首にからませた。

セバステンは驚いてリジーを引き離し、期待に満ちた優しい表情を伏し目がちに見やった。「もう行かなければ」

リジーは書類をかき集め、別の部屋に行って仕事を始めた。メンテナンスの作業員たちが壊れたドアを点検する声がかすかに聞こえてくる。リジーは汗でじっとりと湿った手で青ざめた顔を覆った。胸の奥深くに冷たいものが広がっていくのをどうすることもできない。あんなにすばらしい情熱を分かち合ったばかりだというのに、愛情をこめてセバステンを抱きしめたとたん、けんもほろろの対応をされてしまった。

なぜなの？　セバステンはわたしの目を見て、何を読み取ったのかしら？　愛？　リジーは屈辱と恐怖を同時に味わった。彼にとって都合の悪いものだったに違いない。彼はわたしを受け入れるどころか、背を向けてしまった。でも、彼に抱きついたとき、わたしは何を考えていたのだろう？　安心したかったのかもしれない……肉体ばかりでなく、感情面においても。

セバステンという男性をろくに知りもしないで誘惑に屈した代償を、わたしは今になって払わされている。己の弱さが腹立たしい。三十分前に奔放な反応をしてしまったことすら悔やまれる。セバステンが触れたとたん、わたしは本能的に反応してしまった。性的な結びつきは、感情を伴わない見かけ倒しの親しさにもなりうる。彼はわたしのことを性愛の対象としか見ていないのでは？　セバステンを心から愛するリジーは胸を痛めた。

こんな気分で昼休みに妊娠検査薬を買いに行くのは憂鬱《ゆううつ》だった。妊娠したなんて、どこからそんなばかげた考えが出てきたの？　でも、検査は一応しておくほうがいい。

その日の午後、いちばん下の引き出しのファイルをめくっていたとき、リジーは頭がくらくらして倒れそうになった。彼女は不安を覚え、帰宅したらすぐに検査しようと決心した。

ＣＩ社最上階にあるオフィスの窓辺で、セバステンは陰鬱な表情で、眼下に広がる街を眺めていた。葛藤《かっとう》にさいなまれるなど、今まで経験したことがなかった。おまえはリジー・デントンと何をしている？　最初の動機はどうした？　彼女にのめりこんでいく自分を突き放して考えたことはなかった。さっきの地下室での出来事をどう考えていいかもわからない。自分を制御できないもどかしさばかり感じてしまい、それが彼には気に入らなかった。

コナーがリジーから受けた残酷な仕打ちを、なぜ忘れてしまったのだろう？　彼女は弟だけではなく、僕にも嘘《うそ》をついてだまそうとした。自分の名誉より、あのみごとな体のほうが大切だとでもいうのか？　僕は自分のよりどころとしてきた信条をことごとく破り、彼女と親密な関係を結んでしまった。

リジーのダイヤモンドや車を買い取った理由すら説明がつかなくなっている。浅はかな性格をうわべだけの無邪気さで隠そうとするリジーに、そこまでしてやる必要があるのか？　結局、どの女性も僕に感銘を与えようとするばかりで、自分のいやな面は隠そうとする。さらに言えば、イングリッド・モーガンは好きだが、コナーの葬儀のときは僕も感情的になり、判断力が鈍ってしまっていた……。

リジーはベッドに腰かけ、検査薬を呆然《ぼうぜん》と見つめていた。色が変わって十分が経過していた。使用説明書を手に取る。読み返すのはこれで三度目だ。古い製品なのかもしれない。リジーはパッケージの使用期限を見てがっかりした。

信じられないけれど、赤ちゃんが生まれるんだわ……セバステンの赤ちゃんが。妊娠を告げたら、セバステンはどんな反応を示すだろう？　抱きしめただけで拒絶されたというのに。リジーは青ざめ、両腕を体に巻きつけて身震いした。避妊していると彼に言ったときは大丈夫だと信じていたけれど、百パーセント確実な避妊方法などないと頭のどこかでわかっていたんじゃない？

かつての友だちで母親になっている人はまだひとりもいない。子持ちなんて格好悪いと、みんな言っていた。リジーは子どもが好きだったが、人には黙っていた。鏡の前に立ち、腹部に目を凝らす。赤ちゃんがいるようには見えないけれど……。頭がまともに働かず、リジーは顔をしかめた。

結婚もしていない。お金もないし、ろくな仕事もしていない。おまけに、子どもの父親に話したら、自分は父親ではないと言うかもしれない。中絶させて責任逃れをするかもしれない。リジーにはセバステンの否定的な反応しか思い浮かばなかった。

落ちぶれた生活を強いられたまさにその日に大富豪の男性と出会い、数週間後に彼の子を宿していると告げる……まずい事態だと自分でも思う。意図的に妊娠したのではない、と言ったところで、誰も信じてくれないだろう。セバステンは罠《わな》にはめられたと思うに違いない。

いくら心から愛していても、彼の欠点がわかってきた今は、屈辱的な状況に自分を追いやりたくないと思ってしまう。わたしにだってプライドはあるもの。別に急いで話す必要もないわよね？　少なくとも、お医者さんに診てもらってからのほうがいい。話をどうきりだすか、考える時間も持てるし。

車を走らせながら、セバステンは心の中でののしり声をあげた。ポメロイでリジーと同じ屋根の下で一夜を過ごすと思うと、やりきれなくなる。彼女との関係を打ち切るために、なぜこんな面倒なお膳《ぜん》立てをしてしまったのか？　この三週間というもの、僕は欲望に取りつかれ、我を忘れていた。勤務時間中に会社でこっそり愛の営みをするなど正気の沙汰《さた》じゃない。リジーの脚を見たとたんに自制心が吹き飛び、ドアに鍵をかけてしまっていた。

僕も健康的な独身男性ということなのだろう。禁断の果実の誘惑には勝てない。だが、自己の強い意志を誇るギリシア人にとって、こんな考え方はなんの慰めにもならなかった。

つまり、決して女性に油断してはならないということだ。セバステンは険しい表情で結論を下した。リジーは官能の火薬庫そのものだ。彼女を見るとつい手が出てしまうのも、出会ってすぐに自宅へ連れこんだのも、そのせいとしか考えられない。

セバステンは出会ったその日のうちに女性とベッドを共にしたことは一度もなかった。しかもわざわざ女性の酔いをさまし、彼女の魅力におぼれてしまうなど、かつての彼ならあざ笑っただろう。しかし、今は笑える状況ではなかった。リジーと会うのは人目のある場所に限定し、また海外出張もあったおかげで、なんとかこの二週間をしのげたと言っていい。

リジーを車に乗せたら冷たい態度をとろう。それで、二人の関係は終わりに近づいている、と彼女も察するはずだ。だが、つらいと感じるのはなぜだ？　ほかの女性には心の痛みなど一瞬しか感じなかったのに。

別れ話など珍しくもなんともない。リジーはコナーの気持ちをみじんも考えずに彼を捨てたではないか。でも、似たことをしてきた僕に彼女を裁く権利があるだろうか？　別れを告げられた相手は傷つくが、仕方がない。リジーが緑色の瞳を輝かせて僕を見つめる姿が目に浮かぶ。彼女を傷つけたくない。

セバステンが到着したとき、リジーはまだ支度が終わっていなかった。

「いつも時間に正確なの？」リジーは頬を赤らめ、彼から目をそらした。妊娠検査薬の結果ばかりが頭に浮かんでしまう。

「いつもだ」セバステンは気むずかしさを強調しようと、袖口をたくしあげてロレックスを見やった。

リジーは彼のこわばった表情に気づき、心臓が一瞬止まるかと思った。

「車の中で待っている」黄色いシルクのショールがリジーのすばらしいスタイルを際立たせているのを見ないようにして、セバステンはそっけなく言った。彼女が美しく包装されたプレゼントのように見える。包みを開けたいと思ったとたん、彼の下半身は反応した。

「そんなこと言わないで……すぐに出られるから」のみで削ったようなセバステンの頬がかすかに赤らんだのを見て、リジーはわけがわからなくなった。

セバステンは下腹部の高まりをしずめようと、開けたままになっているスーツケースに視線を移した。山ほどある服がめちゃくちゃに詰めこんである。整頓《せいとん》好きな彼は顔をしかめた。だらしないのも、時間にルーズなのも嫌いだった。だが、何もかもスーツケースに押しこもうと必死になっているリジーを見ていると、なぜかいじらしく思えてしまう。今この場で別れを告げるべきだと理性に促されたとき、リジーが顔を上げた。

「今日は大変だったんでしょう?」

心のこもった温かい声がシルクのようにセバステンにまつわりつく。

「座ったら? コーヒーをいれるから」

セバステンはうろたえた。「いや、僕は――」

「道も混雑していたでしょうし」リジーは思いやりに満ちた言葉をかけ、ぼろぼろの板のつい立てで半分隠れている小さなキッチンへ姿を消した。

「リジー……」彼女を捨てたくないとの思いが急にわき起こり、セバステンはようやく自分の気持ちに気づいた。彼は身を震わせて深く息を吸った。

「何?」キッチンから出てきたリジーは親しみのこもったほほ笑みを浮かべ、彼にコーヒーカップを渡した。「あなたは何色が好き?」

「ターコイズブルーだな」昼過ぎから否定し続けてきた事実をなかなか受け入れられず、セバステンは苦しんでいた。最初の晩リジーに魔法でもかけられたかのようだ。あのときから体も神経も暴走を始めた。だが、イングリッドの悲しみをあおるようなまねはできない。それに、亡くなった弟の気持ちをもっと尊重するべきだ。リジーはベッドのみが目的でコナーとつき合い、おまけにひどい嘘をついている。別れを告げる前にその点をはっきり言う必要がある。

リジーは震える手でたんすをかきまわしていた。セバステンの態度が気にかかる。大きな黒い雷雲が頭上を覆っているような気分のまま、彼女はターコイズブルーのドレスをつかみ、つい立ての陰で着替え始めた。

セバステンは、衣《きぬ》ずれの音がこれほど官能を刺激するとは思わなかった。彼は自分に腹を立て、リジーの支度が整うまで狭い室内を歩きまわっていた。そしてランボルギーニに乗りこんでからも、ほとんど口をきかなかった。

「子どもは好き？」リジーが出し抜けにきいた。

セバステンの防御アンテナが敏感に作動した。やはりそういうことだったのか。二、三週間会っただけで、ウエディングベルが鳴る日を夢見ていたんだな。だが、彼の後ろ暗い満足感は長続きしなかった。彼女が大魚を釣りあげた気になったのも、元をただせば彼自身のせいだと考えられたからだ。

リジーが父親を抱きしめているのを見たとき、ばかなまねをしたのはどこのどいつだ？海外の出張先から何度も電話したのは誰だ？　彼女と離れていると毎日電話をしたくなってしまうのはなぜだ？　日に二度も電話したことさえあった。地下室での冷静さを欠いた行動は言うまでもない。僕が夢中になっていると彼女が思うのも無理はない。

「子どもか……遠くから見ている分にはいい」セバステンは氷のような冷たさで答えた。

リジーは顔色を失った。黙っていなさいと理性が警告したが、どうにも我慢ができなかった。「どういう意味?」

「絵に描《か》かれている子どもは確かにかわいらしい」セバステンは信号を見つめながら答えた。「でも、うるさいし、親にいろいろせがむし、子どもを持ったら大変な責任を背負いこむことになる。僕はわがままな人間だ。子どもに振りまわされる人生はごめんだな」

「あなたの将来の奥さんも同じ考えだといいわね」リジーにはそれしか言えなかった。

「結婚も考えていない」セバステンは攻撃的な口調で言った。「四回も結婚した父ですら、一度も幸せになれなかった。結婚に期待などできるものか」

「そんなこと関係ないと思うわ。もちろんお金目当てで結婚する女の人だっているけれど、わたしとしては……」声が震えてしまう。どうしても自分の考えを彼に伝えたい。「いくらお金を積まれても、子どもは手放したくない。それに、子どもが嫌いな人には何かやましいところがあるような――」

「やましいだって? どんなふうに?」復讐《ふくしゅう》心を胸にいだき、気持ちがすでに不安定になっていたセバステンは、思わず声を荒らげた。

「確かにあなたはわがままというか……本当に男らしい人なら、もっと成熟した考え方ができると思うの。人生の伴侶《はんりょ》のことも、二人の間に生まれる子どものことも、自分の足かせとしてだけではなく、ほうびのように思えるんじゃないかしら」

セバステンは激怒し、ギリシア語でリジーをののしりかけた。この僕が成熟していないだと？　子どもが嫌いなどといつ言った？　本当に男らしい人だって！　セバステンは腹立ちまぎれにハンドルをきつく握りしめた。

「君は本当に心が狭いな」セバステンは制限速度を超えて高速道路を飛ばしている。

「あなたにはそう言う権利があるものね」リジーはいやみな言い方をしてしまった自分にぎょっとした。セバステンの言葉がひどくこたえていたのだ。「でも、お願いだからスピードを出しすぎないで」

セバステンは硬い表情で速度を落とした。「父アンドロスの会社の経営が苦しくなったとたん、母はジェット機で豪遊する生活が続けられなくなるからと離婚を求め、僕の養育権を手放す代わりに莫大《ばくだい》な慰謝料を手に入れた。僕が六歳のときだ。母は僕と会う権利があったのに、一度も会いに来なかった」

リジーはショックを受け、彼の険しい横顔に見入った。「お母さんとはそれきり会わなかったの？」

「ああ。母は二、三年後に亡くなった。実に子ども思いな女性だったよ」セバステンは吐き捨てるように言った。「最初の継母《ままはは》は、うちのプールの掃除に来ていた十代の男と関係を持った。若い男が好きだったのさ」

「まあ……」慰めの言葉もなかった。

「父は彼女と離婚した。次の妻は麻薬のリハビリ施設を転々とするばかりだった。四番目の妻はとても若く活発で、ベッドの上で愛し合うのが大好きだったが、相手は老いた夫ではなかった」セバステンは軽蔑《けいべつ》しきった口調で言った。「父はある日、彼女が僕をベッドに誘おうと懸命にくどいているのを立ち聞きした。その晩、父は最初の心臓発作に見舞われた」

リジーはただ首を振るばかりだった。「お気の毒に。お父さまには女性を見抜く力がなかったのね」

なんと気のきかない言い方だろう。セバステンは歯ぎしりをしたが、確かにリジーの言うとおりだと思った。イングリッドなら申し分ない妻になれただろうに。最初のうち、彼女は愛人関係にあった父との結婚を夢見ていた。だが、貧しい家庭に生まれ、食べていくために働かねばならなかった境遇に加え、離婚から再婚までの独身期間中の父とベッドを共にするという戦略上のミスを犯したため、イングリッドは父の花嫁候補にリストアップされなかった。

それにしても、なぜこんな話をリジーにしてしまったのだろう？　家庭の事情をこんなに詳しく話したのは初めてだ。セバステンは自分に腹が立った。

リジーは懸命に涙をこらえていた。セバステンが味わった苦しみを思うと、胸が張り裂けそうになる。彼が結婚や子どもに拒否反応を示すのも無理ないわ。彼の生い立ちも知らずにわたしは彼を非難してしまった。わたし自身の体面を保ちたいばかりに。リジーは彼の育った環境についてもっと知りたいと思った。

だが、セバスティンは口を閉ざしてしまい、リジーの望みはついえた。車の中に沈黙が立ちこめた。

やがてランボルギーニは速度を上げ、菩提樹《ぼだいじゅ》の立ち並ぶ曲がりくねった私道を上がっていった。美しい自然を背景に、ジョージ王朝様式の粋を集めたポメロイ・プレイスが優雅なたたずまいを見せていた。

家政婦に二階へ案内される際、リジーは振り返ってセバスティンの厳しい横顔を見やり、眉をひそめた。彼が恐ろしい見知らぬ人のように感じられる。いやなことを思い出させてしまったのはわたしだけれど、ここまでつれなくしなくてもいいんじゃない？　わたしにだって感情というものがあるのよ。

年配の家政婦に続いて、リジーはみごとな大理石の階段をのぼった。案内されたのは豪華な客用の寝室だった。

セバスティンは一階で最初の客を迎えていた。離婚したばかりの友人の代理で、快活な芸能コラムニスト、パツィ・ヒューイットがやってきた。リジーはコナーの葬儀に出なかったため、タブロイド紙でたたかれている。同性に厳しいことで知られる女性ジャーナリストは歓迎できない。別れようとしているリジーとの関係を取り沙汰されたくもなかった。

リジーをかばってやろう、とセバステンは心に決めた。

しかし、どうやってかばえばいいのか答えが見つからないうちに、リジーが応接間に入ってきた。パツィは彼女をちらりと見たが、すぐに背を向けてほかの人とのおしゃべりに戻った。リジーの正体に気づかなかったのだろう。セバステンはほっとした。

「そしてこちらがリジーだ」彼は親密さを少しも感じさせない口調でほかの客たちに紹介した。

「セバステンの会社にお勤めしているの？」しばらくして三十代の女性がきいてきた。リジーがそれ以上の存在だとは夢にも思っていないらしい。

「ええ」セバステンにそっけない態度を見せつけられたリジーはせいせいした気分で答えたが、緑色の澄んだ瞳には怒りの火花が散っていた。

さらに四人の客が到着し、彼らは玄関ホールを横切ってダイニングルームへと向かった。リジーはプライドだけを頼りに会話を交わし、セバステンを見ようともしなかった。食事に何が出されたのかも覚えていない。きちんと食べたかどうかすら定かでなかった。夜が更けていくにつれ、怒りは深いショックへと変わっていく。頭数をそろえるためだけに招いた客として扱われるとは思ってもいなかった。

「それで、今は誰とおつき合いしているの？」今までユーモアたっぷりに皆を楽しませていた年配の女性が、コーヒーを飲みながら遠慮がちにセバステンに尋ねた。

リジーは凍りつき、セバステンの瞳が黒くとがったまつげに隠れるさまを凝視した。

「まだ募集中なんだよ」

リジーは水の入ったグラスに手を伸ばした。裏切られたとの思いと怒りがこみあげ、思わず席を立ってテーブルの端まで行き、グラスの中身をセバステンの顔にぶちまけた。

「本当の彼を見つけたらあなたに知らせてあげるわ！」

セバステンは席を立ち、水のしたたる髪に指を走らせた。

息苦しいほどの沈黙を破ったのは、大きな笑い声だった。

こんな状況で笑えるなんて、どういう神経の持ち主なのだろう、とリジーは振り返った。

「ブラボー、リジー！」

パツィ・ヒューイットに楽しそうに言われ、リジーはとまどった。

「こんなに楽しい夜は初めてよ」

「楽しんでいただけてうれしいわ」リジーは皮肉をこめて言い、ダイニングルームを出て階段を駆けあがった。涙で目がかすんでいた。

あんな人を愛していると信じていたの？　彼はわたしという存在を否定し、わたしとつき合っていることさえ隠そうとしている。だったらなぜわたしを招いたの？　でも、赤ちゃんがおなかにいるのに、彼と別れるなんてできるかしら。

しかし、今のリジーには、一刻も早くこの家を立ち去ることしか頭になかった。お近づきになりたくないような人物にセバステンが変身できる、という事実がショックだった。彼はなぜ急に態度を変えてしまったのだろう？

けさＣＩ社の地下室で別れたときのことが、リジーの脳裏によみがえった。彼の突き放したような態度はあのときから始まっていた。アパートに迎えに来たときもそうだった。車の中で子どもは好きかなんてわたしがばかな質問をしたから、事態はよけいに悪化してしまった。

リジーは感覚のなくなった手でスーツケースを引っぱりだし、ベッドの上に置いた。ＣＩ社の地下室での愛の営みを思い、身を裂かれるような苦しみが押し寄せてくる。

セバステンが入ってきたとき、リジーは化粧台に広げていた小物を集め、スーツケースに投げ入れている最中だった。

「何がお望みなの？」リジーはしゃれた紺のシルクのネクタイより上を見ようとはしなかった。

「人前で顔に水をかけられるのは好きじゃない」セバステンはかっとなるまいと心に決めていたが、つい噛《か》みつくような口調になった。「客たちもとばっちりを受けて迷惑していた……もう十二時近い。みんな帰ったよ」

「手近に重いものがあったら、被害はもっと大きかったでしょうね！」

「最後に君に話しかけた女性が誰かわかっているのか？」

「知るわけないでしょう。どうでもいいわ、そんなこと！」リジーは心の乱れを必死に抑え、威厳をもってセバステンのもとを去るつもりでいた。自分がしていること、彼との間に起こりつつあることを考えたら、計画が失敗するのは目に見えていた。

「パツィ・ヒューイット。『サンデーグローブ』紙の芸能コラムニストだ。今度のトップ記事にどのカップルがやり玉に上がるか決まったも同然だ！」

リジーはその名を聞いたことがある気がした。しかし、セバステンがなぜそんな人の話題を持ちだしたのか理解できなかった。

「僕たちの関係を今夜公表しなかったのは、不愉快なマスコミから君を守りたかったからだ」セバステンはどなり声で締めくくった。

あんな態度をとられたうえにどなられ、リジーは傷口に塩を塗られた気分になった。みんなの前でわたしとの関係を否定したから、ご機嫌をとろうとしているのかしら、とも思う。謝ってもらっても、この苦しみは癒《い》えない。喪失感ばかりがつのる。

「あなたほど評判のいい人がどうしてマスコミを恐れるのかしら？」

リジーは初めてセバステンの目を見つめた。息をのむほど魅力的な顔を見るのはつらかった。顔には緊張がみなぎり、焼けつくような金色の瞳には厳しい非難がありありと浮かんでいる。

「それに、わたしが気にするわけないでしょう？」リジーはこのチャンスをものにしようと、急いでつけ加えた。「わたしたちの関係は終わったのよ。家に帰りたい。タクシーを呼んで！」

「ここに泊まりたまえ。こんな夜更けに外へ出るなんて無茶だ」目的を達したセバステンはほっとするどころか、激しい怒りにとらわれた。

「あなたと同じ屋根の下で過ごすと思うだけで耐えられない。パッィとかいう人に本性をすっぱ抜かれればいいのよ！」言い返す声が震える。本心では彼に反論してもらいたかった。彼がさっきの態度を詫《わ》び、心の傷を癒《いや》してくれるのをひそかに望んでいた。

「君がコナーの件で僕に事実を話していたら、こんなことにはならなかった」セバステンは思わず口走った。「だが、君はさんざん嘘をついた！」

「なんですって？」リジーはとまどい、彼を見つめ返した。どうしてコナーが関係あるの？

「コナーの母親イングリッドとは家族ぐるみのつき合いなんだ」

思いがけない言葉にリジーは目をみはった。頬から赤みが消え、不気味な寒気が背筋を伝った。「初めて聞いたわ……あなたは彼をろくに知らないって言っていたのに」

「子どものころのコナーはよく知っている」リジーが怪訝《けげん》そうな表情を浮かべたのを見て、セバステンは心の底から怒りを覚えた。彼女はひどく青ざめ、鼻の頭にある七つのそばかすがくっきりと見えている。「君はコナーをろくに知らないと言い、彼との関係について嘘ばかり並べたてた」

「嘘なんかついていないわ」リジーはほっそりした体に力をこめ、反撃に出た。嘘つき呼ばわりされてとまどいと怒りを覚えると同時に、セバステンがモーガン一家と親しくつき合っていながら今までその事実を隠していたことにショックを受けた。「あなたには本当のことを打ち明けたのよ！　わたしとコナーと相手の女性しか知らない事実をね！」

「何が事実だ」セバステンは鼻で笑った。こんなときに彼女のそばかすが気になってしまう自分が腹立たしい。「コナーが人妻とひそかに関係していたなどと君は言うが、相手の女性の名を伏せている以上、証明できるわけがない。くだらない嘘をつき、コナーの名誉を汚したのは許しがたい！」

「信じてくれなかったのね」リジーはおもむろに首を横に振った。「なのに、あなたは何も言ってくれなかった。イングリッド・モーガンが友だちだとも教えてくれなかった。どうして隠していたの？　わたしの話が嘘だと思ったのなら、なぜはっきり言わなかったの？」

「誰かが君に教訓を与えるべきだと思ったからだ」言ったとたんにセバステンは後悔した。「僕が君にしていることは、君がコナーにしたのと同じく非難されてしかるべきだ、とわかる前の話だ」

最初の言葉を聞いただけで、リジーの体に冷たいものが走った。今までのことすべてはわたしを罰するためだったというの？「あなたという人がわからない」

セバステンは彼女を抱きしめたいというとんでもない衝動を必死で抑えこんだ。「出会ったときは、君の正体を知らなかった。翌朝、運転免許証を見て初めて知ったんだ」

リジーは決然と言い返した。「そんな偶然、信じないわ。あなたは最初からわたしを捜しだそうとしていたのよ」

「君の正体を知っていたら、ベッドを共になどしなかった」セバステンはやや声を落とした。

めまいを覚えたリジーはベッドの裾《すそ》のほうに腰を下ろし、携帯電話に手を伸ばした。一刻も早くここから、彼から立ち去りたい。彼女はタクシー会社に電話をかけ、一台まわしてくれるように頼んだ。

「ばかな……僕がロンドンに送ってやる！」セバステンが口をはさんだ。

リジーは無視してゆっくりと深呼吸し、めまいから立ち直ろうとした。彼はわたしを傷つけ、恥をかかせるためだけに近づいた。そこまで残酷な人だったなんて。コナーにさんざん苦しめられたのに、セバステンまでがなぜ？

リジーはロボットのようにぎごちなく立ちあがり、更衣室へと向かった。ハンガーや引き出しから次々と服を取りだしていく。一泊するだけなのに、なんとたくさんの衣類を持ってきてしまったのだろう。何を着たら彼が褒めてくれるかわからなかったから。喉の奥で乾いた笑いが一瞬はじけた。これ以上につらいことはない。だが、リジーの目に涙はなかった。
セバスステンは部屋を歩きまわっていた。「君と関係を持つべきではなかったんだ。もし過去に戻れるものなら――」

「地下室にも近づかなかったでしょうね」リジーはうんざりした口調で言い、人の弱みにつけこむセバスステンの冷酷さに身を震わせた。自分自身も憎かった。「あなたがしたことに弁解の余地はないわ。人を傷つけようと計画を立てたこと自体許せない」

「そうだ」セバスステンはギリシア語で認め、深く息を吸ってから英語で言い直した。「悪と悪を足しても善にならないのは認める。でも、イングリッドの悲しみの深さを知り、僕の判断力は鈍ってしまったんだ。君の正体を知ったときは本当に驚いた。今日という日が訪れるのは防ぎようがなかった。でも、初めて出会ったときから、君にとても惹《ひ》かれていたんだ」

服をスーツケースに詰めていたリジーは、意を決して彼を見た。傷ついた心につちかわれた憎しみはあまりに根深く、肉体的な痛みすら感じられるほどだった。「わたしを慰めているつもり？　あなたに出会ったのは、ちょうど人生が崩壊してしまったように感じていたときだった。あなたにもわかっていたはずよ……なのに、あなたはわたしをさらに深い谷底へ突き落としてくれた。どうしてそこまで卑劣になれるの？」

「計画が狂ったんだ……わかるだろう?」セバステンはなまりのある英語で言い返しながら、リジーが更衣室から運んでくる途中で落としたものを拾いあげた。だが、リジーに渡さない。出発を少しでも遅らせたい一心だった。「思っていた以上に君に深入りしてしまい、今になって僕自身もその代償を払わされている」

リジーはおなかの子を思い、苦い後悔の念に顔をこわばらせた。セバステンの言うことなど、もはや耳に入らなかった。「コナーはわたしに内緒で浮気して、わたしの気持ちなんかこれっぽっちも考えてくれなかった。わたしは友だちを失い、父からも見捨てられた。人の罪をかぶって高い代償を払ったわ。でも今度は違う……あなたを愛していたのに――」声がとぎれた。よりによってこんなときに告白してしまうとは。リジーは目をしばたたき、震える手でスーツケースのふたを閉めた。

「こんな気持ちのまま君に行ってほしくない……」セバステンの言葉は半ば自分自身に向けられていた。

「あなたなんか大嫌い。決して許さないから……だから、ばかなこと言わないで! わたしに何を期待していたの? あなたに握手をして、おかげでまた人生が台なしになりましたとお礼を言うとでも!」リジーはぴしゃりと言い、力任せにスーツケースを押して彼の脇《わき》を抜けようとした。

セバステンは彼女の手を押さえ、スーツケースの取っ手から指を外そうとした。するとリジーは自分から手を離し、ドアを大きく開けて階段を見下ろした。一刻も早くタクシーが来てくれますように。

まもなくセバステンはスーツケースを持ってホールに下りてきた。使用人が飛んできて荷物を受け取ろうとしたが、主人に恐ろしい形相でにらまれて退散した。リジーは玄関のドアを自分で開けた。

「スーツケースをちょうだい！」アマゾンの女戦士を思わせる激しい口調だった。

セバステンはためらいながらスーツケースを下ろした。「リジー……コナーは僕の異母弟だったんだ……」

リジーは驚いて振り返った。まぶたの裏にコナーの姿がよみがえる。金髪には珍しい焦茶色の瞳、古典的な顔の骨格、長身でたくましい体つき。セバステンの言葉は疑いようがなかった。ようやくジグソーパズルが完成した気分だった。

「あなたたちは……」リジーは再び彼に背を向け、車のヘッドライトが近づいてくるのを安堵《あんど》の思いで見つめた。「二人とも傲慢《ごうまん》で、自分勝手で、女性を利用して虐待する鼠《ねずみ》だわ！　わたしが驚かないのも当然でしょう？」

タクシーの運転手がやってきてスーツケースを受け取ると、セバステンは凍りついた。とうとうリジーは行ってしまった。セバステンは片手に握りしめていた白のブラジャーと赤いシルクのシャツを見下ろした。今夜は酔いつぶれるまで飲むことになりそうだ。

7

その晩、リジーは泣かなかった。ショックはあまりに大きく、力を使い果たした彼女は服を着たままベッドに横になり、寝入ってしまった。

だが、二時間ほどして目が覚めた。セバステンは傷ついたわたしを慰めるどころか、さらに苦しめようとした。それでも、彼は赤ちゃんの父親なのよ……。リジーはひとつのことを集中して考えられなかった。考えたくもなかった。

セバステンがコナーの異母兄だとすると、イングリッドはセバステンのお父さんと極秘の関係があったのだろう。

リジーは眉を寄せてベッドから這《は》いだし、からっぽの冷蔵庫をのぞきに行った。コナーとセバステンの血縁関係なんか考えてなんになるの？　じっとしていないで、何か食べて元気をつけなければ。それに、産婦人科の先生に予約を入れる必要がある。

翌日、リジーは休む間もなく飛びまわった。やはり妊娠していた。ピルをのんでいたのになぜ妊娠したのか、とリジーは医師にきいてみた。のみ忘れたか病気だったのではないかと医師に言われ、彼女ははたと思い当たった。初めてセバステンに会った晩は確かに気分が悪かった。つらい記憶がよみがえり、リジーは身を震わせて黙りこんだ。集中して考える力はなかった。何を考えても悲しみが押し寄せてくる。

医療センターからスーパーマーケットに行き、目についたものをかごに入れた。だが、アパートに戻り袋を開けてみると、まともな食事を作れそうにない食材ばかり出てきた。リジーはトーストの両端をかじっただけでトイレに駆けこんだ。

セバステンはいつになくひどい二日酔いで目覚めた。土曜日の記憶はないに等しい。リジーのことを考えるだけで、みぞおちを殴られたような気分になる。だが、どうしても彼女の姿を頭の中から追いだせない。罪の意識か？　それ以外にどんな理由がある？　女性への復讐《ふくしゅう》に我を忘れ、あんな卑劣な方法をどうしてとったんだ？　リジーの気持ちを思い、セバステンは心配になってきた。だからといって、彼女に会うわけにもいかない。

セバステンは朝食をとりながら、『サンデーグローブ』紙のゴシップ欄をめくった。「コンタクシス＝〇、デントン＝一〇」の見出しが目に入ったとたん、食欲が失《う》せた。ゴシップ欄で悪く書かれたことなど一度もなかったセバステンだが、今回パツィ・ヒューイットの毒牙《どくが》はまっすぐ彼に向けられていた。彼女はセバステンをとんでもない傲慢《ごうまん》な人間に仕立てあげ、リジーは自分にふさわしい男性を探し続けるべきだとコメントしている。セバステンはなぜかこの部分にひどく腹を立てた。

リジーがほかの男を誘惑するはずがない。僕を愛していると言ったではないか。だが、僕たちの関係は終わってしまった。彼女が僕の代わりを見つける可能性もありえる。リジーがほかの男性のベッドにいる光景が頭に浮かぶと同時に、セバステンは朝食のテーブルから退散した。いつもは必ずしっかり朝食をとるのだが、けさはブラックコーヒーを一杯飲んだにすぎなかった。

セバステンは気晴らしに乗馬に出かけたものの、にわか雨に遭い、ずぶ濡《ぬ》れになって帰ってきた。シャワーを浴び、仕事に取りかかっても集中できない。リジーの心配をするのがいけないのか？　それに、メルセデスとダイヤモンドをまだ返していないじゃないか。

手放さざるをえなかったものが戻ってきたら、リジーの機嫌も少しは直るかもしれない。

リジーの父親モーリス・デントンについて、セバステンは非常に低い評価を下していた。家族はどんな場合でも助け合い、過ちを許し合うべきだと思う。だが、モーリスは娘の自活を認めなかったくせに、いきなり家から追いだした。

リジーの父親の冷たい仕打ちを思うとセバステンは居ても立ってもいられなくなり、車のキーを二つひったくった。メルセデスをロンドンまで運ぶよう使用人に命じ、自分はランボルギーニをガレージから出した。

教会に行くのは実家を出てからこれが初めてで、リジーは後ろめたい気分になった。教会に父とフェリシティの姿はなかった。週末をコテージで過ごしているのだろう。家に帰る途中でリジーは新聞を買い、パッツィ・ヒューイットの記事を読んだ。同性に厳しいパッツィにしては珍しく、フェミニストの立場で書いてある。記事の隣にはセバステンの顔写真が載っていた。浅黒く魅力的なその顔を見つめるうちに目の奥がひりひりし始め、リジーは発作的に新聞を丸めてごみ箱に突っこんだ。

二日ぶりに郵便受けをのぞいてみると、以前月賦で買い物をした高級ブティックから請求書が届いていた。銀行口座には月末まで食べていくのがやっとのお金しか残っていない。月末になれば初めての給料が入る。支払いを少し延ばしてほしいとブティックに頼まなければ。週末か夜間のパートでも探さないと、この先やっていけないだろう。

売り払ったメルセデスが戻ってきたのをリジーが知ったのは、運転手が戸口に現れたときだった。

「ミス・デントン、お車のキーです」

「えっ？」リジーはいぶかしげに目を細めた。「車は持っていないけれど」

「コンタクシスさまからの贈り物です。メルセデスは外に止めておきました」

リジーがあっけに取られているうちに、運転手は足音高くアパートの階段を下りていった。

コンタクシスさまからの贈り物ですって？　いったいどういうこと？　リジーは不審に思い、外に出てみた。確かに黒い車体を輝かせてメルセデスが止まっている。二十二歳の誕生日に父が買ってくれた、あの四輪駆動だ。リジーは信じられず、ゆっくりと車のまわりをまわってみた。

セバステンはどこでこの車を手に入れ、どうしてわたしにくれたのだろう？　三十六時間前にわたしを捨てておきながら、何千ポンドもする車をなぜいきなり送りつけたりしたのかしら？　捨てたのはわたしのほうだった。彼の気持ちがわかっていたからこそ、勇気を振り絞って先手を打ったのよ。

タウンハウスの金庫からダイヤモンドを取ってきたセバステンは、リジーのアパートの前で足を止めた。正しいことをしているという確信があった。

ノックの音に、リジーはドアを開けた。ひと目でデザイナーブランドとわかる高級服に身を包んだセバステンは、ゴージャスそのもので、彼の姿を見ただけで胸が締めつけられた。微笑とも受け取れる彼の表情は、リジーの目には侮辱と映った。彼の残忍さ、冷酷さ、他人に対する無関心さを象徴しているように思われたのだ。

「あの車を今すぐどこかへやって！　どういうつもりか知らないけれど、今さら欲しくないわ」

彼女の美しい髪にはターコイズブルーがよく似合う。でも、赤も似合いそうだ。リジーの全身を隅々まで見まわしていたセバステンは、彼女の厳しい言葉に凍りついた。

「僕だって君の車は必要ない」彼は素早く立ち直り、閉めたドアにもたれ、リジーがドアを開けられないようにした。

「わたしが売った車をどうしてあなたが持っているの？」心の乱れがそのまま声に反映した。

「君のために買い戻していたんだ……これもそうだよ」セバステンは小さな宝石箱をいくつかテーブルに置いた。「最初の一週間、ボディガードに君の跡をつけさせ、君の行動を一部始終報告させていた」

「わたしの跡をつけさせたですって？」リジーはさらにショックを受け、おうむ返しにききながら宝石箱のふたを開けて中身を確認した。「これも買い戻したの？　どうして？」

答えたくない質問だった。「僕の寛大さを君に思い知らせるつもりだった」

「あなたって正真正銘のろくでなしね」リジーは瞳に非難の色をこめた。「だから自分のアパートメントを使えと言ったのね！　わたしがあなたの腐ったお金につられると思ったんでしょう。今だってそうよ――」

「君の持ち物を返したいだけだ」

「なぜ？　それで自分の気持ちが楽になるから？　わたしに良心のかけらもない仕打ちを

した償いができるから？」リジーは低く震える声でセバステンを責めたてた。「それがわたしに対する侮辱だということがわからないの？」

「侮辱？」女というものはなぜ単純なことをややこしくするのか？　生活を楽にしてやろうと思っただけなのに、それのどこが悪いんだ？

「あなたみたいな人から高価な品を平気で受け取る女だと思うところよ！　手切れ金を払うべき愛人とでも思っているの？」苦悩と怒りはとどまるところを知らず、リジーの声はしだいに甲高くなった。

「僕は今まで君に何ひとつ買ってやらなかった」リジーを抱き寄せて慰めてやれ、とセバステンの頭の半分が命じた。そして残りの半分は危険な誘惑に屈するなと声を大にして叫んでいた。

「あなたはそうやって大勢の女性をものにしたんでしょう……贈り物をして人柄を大目に見てもらっていたのよ！」リジーは涙をこらえて叫んだ。

セバステンは彼女の言葉に反応するまいと思い、テーブルに視線を落とした。ブティックからの請求書と、計算を記したメモが目に入った。リジーはここまで窮しているのか？

「君に融資してもいい。返済はいつでもかまわないから」言葉が口をついて出た。

リジーはドアをこじ開けた。「帰って……」

「そんな言い方をしなくてもいいだろう」思いどおりにいかない展開に、セバステンはいらだちを感じた。「君によかれと思ってここに来たんだ。けんかをしに来たわけじゃない」

リジーは宝石箱をかき集め、車のキーと共に彼の手の中に押しこんだ。「車をここに残すようなまねはしないでね。駐車場代を払う余裕はないから」

「リジー？」

「近寄らないで！」

「君が大丈夫か知りたかっただけなんだ」

「もちろん大丈夫よ。あなたが来てくれて元気になったわ！」リジーは声を震わせた。

セバステンは立ち去るほかなかった。

車を維持する余裕もないことを考慮すべきだった。彼はその点ばかりを考えようとした。だが、リジーの取り乱した表情や、目の下に隈《くま》ができていたのが気になって仕方がない。大丈夫そうには見えなかった。僕のせいなのか？　セバステンは初めて自分の無力さを思い知った。リジーがこれほど頑固でプライドの高い女性だったとは。日光のようなぬくもり、優しさといったイメージしかなかったのだが。今になって、セバステンはイングリッドが指摘していた性格をリジーに当ててはめてみようと思った。

リジーはベッドに突っ伏し、涙がかれるまで泣いた。こんなに苦しんだら赤ちゃんにいいわけがない。リジーはおなかに片手をあてがい、心の中で小さな赤ん坊に謝った。もっとしっかりしなくては。

愛しているなんて言わなければよかった。セバステンには愛をささげる値打ちなんかない。赤ちゃんのことはいつ話そう？　新たな対決に臨む気力はまだわいてこない。

リジーは疲れ果て、深い眠りに落ちていった。

8

月曜日の朝、セバステンはいつもより社内が静かなのに気づいた。『サンデーグローブ』紙の記事は会社じゅうに広まっているらしい。

リジーのことは考えまいと決めていたはずが、いつしか彼女のファイルを手にしていた。リジーが彼の写真を四百枚も印刷して叱責《しっせき》されたくだりを読んだときには、まったく仕事に集中できなくなっていた。

セバステンは愛というものを信じていなかった。関心があるのはリジーの体だけだ……それからあのほほ笑みと……髪と。話し方もいい。リジーはよくしゃべる。おしゃべりな女性は嫌いだが、リジーの話はとてもおもしろい。彼女がさりげなく僕に触れるしぐさも好きだ。別にリジーに夢中だというわけではない。彼女のよさがわかるというだけの話だ。

リジーはとんでもない嘘《うそ》つきでもある。コナーとベッドを共にしたくせに。とはいえ、セバステンは彼女がコナーを死に追いやったとは思えなくなっていた。ハンドルを握っていたとき、コナーは酔っていた。無謀な運転が悲劇を招いたのだろう。

セバステンはふと、リジーのアパートにあった請求書を思い出した。僕が払ってやろう。ノーとは言わせないぞ。

会社に着いたリジーは、みんなが自分をちらちら見ながらささやき合うのに気づき、髪の生え際まで赤くなった。隅の机に座らされたが、仕事は特に与えられなかった。セバステンの会社で働くのはもう耐えられない。昼休みにリジーは向かいにある職業安定所に足を運んだ。セバステンに勧められたセレクト・リクルートメントよりはるかに実りの多い話し合いができた。

「渉外分野での経験が豊富で、内部事情にも詳しいですね。あなたなら広告会社に推薦できますよ。出産休暇はもちろんとれますし、実力を認められれば昇進も早いでしょう」係員は請け合った。

火曜日。セバステンは六階の会計課と会合を持つ予定が延び延びになっているのに気づき、早く段取りをつけるよう秘書に命じた。リジーが六階で勤務しているからというわけではなかった。

水曜日。会合は会計課の都合で金曜日になると言われ、セバステンは頭に血がのぼった。

木曜日。イングリッドから電話があり、リサ・デントンとつき合っていたというのは本当かと問いつめられた。セバステンは肯定したものの、詳しいことは話したくないと告げた。イングリッドはショックを受けたに違いない。だが、セバステンはリジーを悪く言うイングリッドに激しい怒りを覚え、そんな自分にも衝撃を受けていた。

金曜日。セバステンはいつもより早く出社して九時までに机の上を片づけ、十分ごとに腕時計を見ていた。

六階ではリジーが物思いにふけっていた。この一週間はいやに長く感じられる。セバステンがいなければ生きていけないなどと思う自分の弱さが腹立たしい。妊娠していることを彼に言わなければならないのはわかっているけれど、まだ気持ちの準備ができていない。彼女は、水曜日、昼休みを延長してもらい、広告会社に面接を受けに行った。通知はまだ届いていない。

この日の朝、出勤したリジーをミリー・シャープが妙な笑みを浮かべて迎え、受付の机に座らせた。

エレベーターを出てきたセバステンが最初に目にしたのはリジーだった。彼女は太陽を思わせる鮮やかな黄色のドレスを着ていた。セバステンは挨拶《あいさつ》をしようと待ち構えている会計課長にも気づかず、驚きもあらわな緑色の瞳を見つめた。

「リジー……」

リジーはセバステンを見つめたまま、おもむろにうなずいた。彼が目の前にいるだけで、ほかのことは何も考えられない。鼓動が速くなり、怒りも忘れ、ただ彼に見とれてしまっている。照明に輝く黒髪に触れたい。金色に輝く瞳が放つ刺すような視線に、リジーは体が震えるのを感じた。

わき起こる危険な情熱を打ち消そうと、セバステンは深く息を吸いこんだ。「元気かい？」

「ええ……」リジーはかろうじて答えた。

「会議があるんだ……」セバステンは背を向け、廊下を進んでいった。

リジーはようやく彼の魔法から解放され、目をしばたたいた。色白の顔が徐々に赤く染まっていく。ミリー・シャープのオフィスから押し殺した笑い声が聞こえてきた。彼女のオフィスから受付が見えるのだ。リジーは恥ずかしさと自己嫌悪を覚え、セバステンが会議室から出てくるときは、どこかへ姿を隠していようと決めた。

その日の午後、職業安定所から電話があった。ロビンズという広告会社に採用が決まり、来週から出勤するようにとのことだった。リジーは胸を撫《な》で下ろした。ＣＩ社から離れたら、人生を立て直すのも楽になるだろう。それに、セバステンに肝心な話――妊娠の件を打ち明けやすくなる。

リジーは帰宅してから父親に電話をし、気にかかっていた家政婦のミセス・ベインズのことをきいてみた。

モーリス・デントンは重いため息をついた。「長年勤めてくれたから退職金をはずむと言ったんだ。彼女はとても気分を害し、辞めてくれと言ったその日に辞めてしまったよ。フェリシティは喜んだが、わたしはあと味が悪くてたまらない」

「フェリシティはどうしてるの？」

「ひどく神経質になっている」モーリスは気遣わしげにきりだした。「わたしが赤ん坊のことを口にしただけで泣きだす始末だ。産婦人科の先生に相談すると言ったとたん、ヒステリーを起こしたよ！」

フェリシティはノイローゼになってしまうかもしれない。父に隠している事実の重みを嚙《か》みしめていたリジーは、ふと思った。娘が未婚の母となったら、父はどんな反応を示すだろう？　伝統的な価値観に固執する父のことだ、親子の縁を切ると言いだすかもしれない……。

日曜日。セバステンはくだらない新聞とばかにしていた『サンデーグローブ』紙に再び手を伸ばした。パツィ・ヒューイットが新たな情報を入手していないのを確認したいだけだった。だが、彼の予想に反して、コナーに関する記事が写真入りで紙面を飾っていた。

セバステンはむさぼるようにその記事を読んだ。パツィはリジーの継母《ままはは》フェリシティ・デントンをこき下ろしていた。情報を提供したのは、デントン家の家政婦だったミセス・ベインズだった。コナーはこの世を去っても、まだ新聞の一面を飾るほどの影響力を持っていた。

携帯電話が鳴ったとき、リジーはまだ眠りの中にいた。ベッドを出て電話に出た彼女はあっけに取られた。コナーのことであなたを誤解していた、とかつての友人が謝ったのだ。

「なんのこと?」リジーはつぶやいた。

「あなた、けさの『サンデーグローブ』をまだ見てないの?」

ミセス・ベインズがフェリシティとコナーの関係を暴露したと知り、リジーの表情がこわばった。義理の母が家政婦を辞めさせたがっていたのは、そういうわけだったのだ。フェリシティとコナーは家でも密会を重ねていたのだろう。

リジーは眉間《みけん》にしわを寄せた。ミセス・ベインズはわたしよりずっと前から二人の関係に気づいていたんだわ。

一時間ほどしてリジーは父親を訪ねた。報道陣が家を取り囲んでおり、リジー目がけてフラッシュがいくつもたかれる。彼女は報道陣をかき分け、やっとのことで玄関にたどり着いた。父親はカーテンを閉めきった家の中でひとりぽつんと座っていた。

9

「フェリシティはゆうべ遅く出ていったよ。マスコミ関係の友人から、『サンデーグローブ』に記事が載ると電話があったんだ」

モーリス・デントンは打ちひしがれた様子で語った。リジーはじっとしていられず、部屋の中を歩きまわっていた。

「もう戻ってくるまい。離婚したいそうだ」

「でも……赤ちゃんはどうなるの？」リジーは継母《ままはは》の逃げ足の速さにとまどいを覚えた。

モーリスは娘にうつろな視線を送った。急に年をとってしまったように見える。

「赤ん坊はいなかったんだ……」

「流産したのね！」

「いいや、初めからいなかったんだ。妊娠はフェリシティの自作自演だった。コナーとの関係をばらされないよう、とんでもない嘘《うそ》をついておまえの口を封じたんだ」モーリスは白髪まじりの頭を横に振った。「その気になればいつでも妊娠できると思っていたのだろう。だが、そのうち産科に通うふりをする羽目になり、とうとう流産のふりまでしようとした……」

「本当に赤ちゃんが欲しいと思ううちに想像妊娠することだってあるわ」

「いや、違う」モーリスは苦々しく否定した。「もともと子どもは好きじゃなかった。ゆうべ、フェリシティ自身が告白したよ。妊娠を演じ続けるのも、親子ほど年の離れた夫と暮らすのもうんざりだとね！　わたしの気持ちはおろか、おまえを傷つけたことすら彼女はなんとも思っていなかった！」

ひどい話に、リジーはひるんだ。「そ、そう……」

「五十五歳の男が三十も年下の女性と結婚したのがそもそもの間違いだったのだろう。フェリシティとコナーのことをなぜ教えてくれなかった？」

「赤ちゃんのことを思ったら言えなかった……でも、言ったら何もかも壊れてしまうような気がして、それが怖かったのかもしれない」外で誰かが騒いでいるのが聞こえたのもかまわず、リジーは穏やかに続けた。「ねえ、わたしが話をしたらみんな帰るんじゃないかしら……どう思う？」

「自分でいちばんよいと思う行動をとればいい」モーリス・デントンは重々しく答えた。

「連中はフェリシティかおまえにしか興味を示さないだろう。だが、フェリシティは行ってしまった」

リジーが外に出るや、報道陣から下劣な質問が飛んだ。「コナー・モーガンはあなたとお母さんの二人と関係を持っていたんですか？」

「コナーとわたしはただの友だちでした」リジーは落ち着いて答えた。

「セバステン・コンタクシスとはどうなんです？」

「彼とは友だちじゃありません！」リジーが即座に答えると、どっと笑い声があがった。

汚名が晴れた喜びをリジーがしみじみと味わったのは、父親のために軽食を用意しているときだった。セバステンはあの記事を読んだかしら？　復讐《ふくしゅう》する相手を間違えていたといずれ気づくはずよ。どんな顔をするだろう？　でも、わたしにはもう関係ないわ。どうしても彼を許せない。冷蔵庫を開けたリジーは、ドライトマトの瓶を見つけて喉をごくりと鳴らした。アイスクリームも入っている。リジーは急いで冷蔵庫を閉めた。最近はひどくおなかがすく。

一時間後、緑多い郊外にあるデントン家の前にランボルギーニが止まり、ひとりの男が飛びだした。セバステンだった。ひとりだけ残っていたカメラマンがすかさずフラッシュをたく。セバステンはカメラマンに飛びかかろうとしたボディガードたちを制し、笑みを浮かべた。パッツィの記事を読んでからというもの、顔がゆるみっぱなしだ。リジーの父親の再婚相手がずいぶん年下だとなぜ今まで気づかなかったのかと思う。リジーが家族を守ろうとしているとは夢にも思わなかった。

「あなたは友人じゃないとリジーは言っていますよ」カメラマンが警告した。

「まあ見ていたまえ」セバステンは自信たっぷりに言い放った。彼は幸せだった。うれしくてたまらなかった。リジーを取り戻すことしか頭になかった。

「彼女は手ごわいですよ……ひとりよがりにならなければいいですがね」

セバステンは笑っただけでカメラマンを相手にせず、呼び鈴を押し、ノッカーをたたいた。

10

不運なことに、セバステンは家に近づくところをリジーに見られていた。

彼が満面に笑みをたたえているのは遠くからでもわかった。よくも笑顔になれるものね。悪びれた様子もなく、歓迎されると思いこんでいる。リジーはプライドを傷つけられ、激しい怒りを覚えた。

セバステンは和解を言いだすだろう。リジーは信じて疑わなかった。でも、彼の子を身ごもっていると言い、絶対に産むつもりだと言えば、彼は態度を一変させるに違いない。

リジーが玄関のドアを開けたとき、セバステンの顔から笑みは消えていた。

「入って……」

「一緒に出かけよう。ご家族は客を招き入れる気分じゃないと思う」セバステンは率直に言った。

「父しかいないし、今は書斎で寝ているわ」彼がそばにいると意識しただけで、体に震えが走る。リジーは応接間に通じるドアを大きく開けた。

「お母さんは?」

「もう出ていったわ。離婚するんですって」

「君のお父さんは正気に戻ったんだな。彼女を家から追いだして正解だったよ」

「フェリシティは自分から出ていったわ」

「だったらなおいい……彼女は離婚協議で望むものの半分も手に入れられないだろう」セバステンの口調は厳しい。

「父は今それどころじゃないの! ひどいショックを受けているんだから」リジーは激怒した。

「僕は君のことを考えていたんだ。家族の中にあんな女性がいては、さぞかしつらかっただろう」セバステンはリジーの青ざめた顔を見つめた。許されたと早とちりして彼女を抱き寄せそうになり、大失態を演じないうちに視線をそらした。「どうしてもっと前に話してくれなかったんだい?」

「妊娠していると信じていたのよ……わたしの弟か妹がいるって……。でも、嘘《うそ》だった。わたしの口をふさいで自分を守るために、あの人は嘘をついていたの」リジーは乾いた笑いをかすかにもらした。最初のうち、フェリシティは妊娠しようと必死だったに違いない。彼女の代わりにわたしが妊娠してしまうとは、なんて皮肉な話だろう。

「まともな頭の持ち主ではなさそうだな。イングリッドもとてもショックを受けている。

けさ電話があったんだ。君に悪いことをしてしまったと深く後悔しているよ」

「コナーのお母さんにはなんの恨みもいだいてないわ」

「お父さんが後妻をもらったと教えてくれていたら、君を疑ったりしなかったのに」

疑った原因はわたし自身にもあると言いたいのね。

「あなたもイングリッドも、誰かに大きな代償を払わせたかっただけ。誰が傷つこうとかまわなかったのよ！」

セバステンはリジーの言い方が気に入らなかった。「君を誤解していた。その穴埋めはさせてもらう」

「謝っているつもり？」

「ちょっと待ってくれ、そうしようとしているんだから！」セバステンはいきなり声を荒らげた。「悪かった。本当に、心から悪かったと思っている」

「わたしは悪かったとは思っていないわ」リジーは声を震わせた。

「謝ってくれなどと言っていない」セバステンはとまどいを隠しきれなかった。彼女の目にきらめいている涙は何を意味しているのだろうか、生まれて初めて女性に頭を下げた効果はあったのだろうか、と彼はいぶかった。

「あなたに誤解されたのは悪いことではなかった、という意味よ。だって、もし誤解されなかったら、あなたがどんなに冷酷で良心のかけらもない人かわからなかったから」気持ちが揺らぎながらも、リジーはせっぱ詰まった声で締めくくった。

セバステンは褐色の手を大きく広げた。「もう二度とあんなことはしない。君を取り戻したいんだ」

「あなたなら、わたしの代わりに別の愚かな女性を見つけられるわ」リジーは噛《か》みつくように言い、彼に背を向けて必死に涙をこらえた。

「ああ、その気になればね。でも……欲しいのは君ひとりだ」

ベッドの中で、という意味でしょう。涙がこみあげ、胸が締めつけられる。リジーはやっとの思いで彼のほうに向き直り、挑むように顎を上げた。「あなたに言わなければならないことがあるの。話を聞いたら気が変わると思うわ」

「何を聞かされても君をあきらめるものか」セバステンは一歩前に踏みだし、いきなりリジーを引き寄せた。

リジーはすぐに身を離すつもりだった。しかし、できなかった。言葉よりも行動のほうが効果的だと考えたセバステンが、彼女の紅潮した顔を両手で包みこんだからだ。

セバステンは打ちひしがれた緑色の瞳をじっとのぞきこんだ。「どうしてそんな目で見るんだい？　もう二度と君を傷つけたりしないよ」

リジーは全身を震わせ、乾ききった唇を開いた。「妊娠しているの……」

セバステンは耳を疑った。「妊娠？」おうむ返しに言い、リジーから手を離した。

「ええ」

「妊娠か……」セバステンは激しい嫉妬《しっと》を覚えた。「コナーの子か？」

彼の顔に荒々しい表情が浮かんだのに気づき、リジーはあとずさった。肩が後ろの中国製の飾り棚にぶつかる。

「彼はフェリシティと関係しながらわたしをベッドに連れこむほど卑劣じゃなかった。コナーとつき合っているときは、わたしはバージンだったわ」

セバステンはリジーと初めてベッドを共にした夜のことを思い出した。彼女は確かにうぶだった。しかし、セバステンはショックから立ち直れず、まったく頭になかった状況を受け入れる心のゆとりもなかった。「僕の子どもだとなぜわかる？」

リジーはかっとなった。「つき合ったのはあなたしかいないのよ……あなたがわたしの弱みにつけこむのに夢中でバージンだと気づかなかったのは、わたしのせいだと言いたいの？」

「弱みにつけこんだわけじゃない。それに、僕はバージンを相手にした経験がなかったんだ」セバステンは時間稼ぎをしながら、思いがけないリジーの告白について懸命に思案していた。怒りは驚異的な速度でおさまっていったが、指摘したいことはまだ残っていた。

「君は避妊していると言ったじゃないか」

「翌朝、気分が悪かったの。だから体調のせいかもしれないし、ピルをのんでいても妊娠してしまうことだってあるわ……でも、とにかく妊娠してしまったのよ。あなたの子を」

「僕の子か……」子どもへの責任の重さを考え、セバステンの顔から血の気が引いた。みじめさばかりを味わっていた幼年時代が思い出される。自分のことしか考えない大人たちは、幼いセバステンの世話を使用人に押しつけた。学校は全寮制だった。お金で子どもの幸せは買えない、とセバステンは誰よりも身にしみて感じていたのだ。

「あなたにとってはショックだと思うの」沈黙に耐えきれなくなり、リジーは口を開いた。

「でも、わたしはこの子を産むつもりよ――」

「そうするほかないだろう」セバステンには、リジーがなぜそんなことを言うのか理解できなかった。

リジーは返事に詰まり、目をしばたたいた。

「お互い、できる限りのことをしなければね」セバステンは重い気分で肩をいからせた。赤ん坊と一緒にリジーも当然僕のものになる。それなら対処できそうだ。赤ん坊もほったらかしにされなくてすむ。

「できる限りのことって？」

セバステンはもどかしげに息を吐きだした。「結婚するしかないだろう。僕だって用心を怠ったのだから。こうなってしまった以上仕方がない。それに、僕はコンタクシス家の人間だ。責任逃れをしようとするやからとは違う！」

リジーは逆上する寸前だった。彼の口から結婚という言葉が飛びだすとは夢にも思わなかった。「あなたとなんか結婚したくない」

「ほかに選択肢はないだろう」

「わたしの口の動きをよく見て。あなたと結婚するつもりはありません!」

セバステンはリジーを見すえた。「僕が冷酷で良心のかけらもないなどと言っている場合じゃないだろう! 君は赤ん坊のことを第一に考えられないのか?」

「わたしと結婚したくないんでしょう……赤ちゃんだって欲しくないくせに!」リジーは彼を責めながらも、胸が張り裂けそうな思いを味わっていた。

「僕は君が欲しい。子どもができるという事実も受け入れられると思う」

セバステンを外に追いだそうと応接間のドアを開けたリジーは、父の姿を見て凍りついた。父は顔をこわばらせ、玄関ホールに立っていた。今の話が聞こえていたのは明らかだ。

リジーは嗚咽《おえつ》をこらえ、以前使っていた、家の裏手の離れへ飛んでいった。

未婚の娘が妊娠していると知り、悄然《しょうぜん》としている父親の姿を見ているうちに、彼なら味方にできそうだとセバステンは感じた。

「こんな事態になって申し訳ありません。リジーは気が動転していますが、僕は結婚式を挙げたいと思っています」

モーリス・デントンはほっとした表情を浮かべ、セバステンに酒を勧めた。モーリスは、自分自身の問題から気をそらすことができ、救われたとすら感じていた。

セバステンは非常に落ち着かない気分だった。リジーは僕をだまそうとしているのだろうか。さっきは正直に反応しすぎたかもしれない。

セバステンが一杯飲む間にモーリスは三杯空けていた。あれほど魅力に欠けるプロポーズを聞いたのは初めてだとモーリスは言い、君はロマンチックなものを恐れているのではないか、と将来の娘婿に問いかけた。

セバステンは内心ぎくっとしたものの、そういう感情を表に出したことは一度もない、と正直に答えた。

「早く学習したほうがいいぞ」リジーの父は忠告し、幼い娘がよく人形を相手に母親役を演じて遊んでいたこと、いつも赤ちゃんをかわいがっていたことを話した。

モーリスが過去の幸せな記憶に浸り、孫が生まれることでかすかな慰めを見いだしているとき、セバステンは人形遊びに興じているリジーを思い浮かべ、我が子の誕生を温かく見守りたいという気分になり始めていた。

セバステンはリジーの出生証明書のコピーをモーリスから受け取り、今週中にリジーと結婚できるよう申請しに出かけた。ロマンチックな態度の大切さをモーリスに諭されたのが忘れられず、彼は世界的に有名な宝石店に立ち寄り、いちばん美しいダイヤモンドの婚約指輪とそれに合う結婚指輪を選んだ。

その日の夜遅く、セバステンはリジーのアパートに向かっていた。今度こそ期待に沿える自信があった。結婚式の手はずを整えた今、結婚するという僕の気持ちをリジーは疑えないはずだ。

リジーはといえば、実家から帰ったあと、セバステンの無神経さが我慢ならず、思いきり泣いた。彼の誠実さを尊敬しようとしても、無駄だった。わたしは彼を愛しているのかもしれない。でも、激しい不満と苦悩が愛をはるかにしのいでいた時期もあった。どう考えても結婚は無理よ。妻を欲しいとも思わず、子どもは遠くから見ているだけならいいなんて言い放つ人なんだから。彼は口先ではもっともらしく誓っているけれど、将来、結婚生活が破綻《はたん》するのは目に見えているわ。

セバステンはアパートの階段を二段おきにのぼっていき、ドアが半開きになっているのを見て顔をしかめた。不用心すぎる。やはり僕がそばについていなければ。セバステンは中に入った。リジーは柔らかい大きなソファで体を丸め、ぐっすり眠っていた。淡いピンク色のシルクのショールをかけて。リジーにはこの色もよく似合う。

セバステンは彼女のそばにしゃがみ、力の抜けた手を取って婚約指輪をはめた。これで彼女は僕のものだと誰もが認める。セバステンはついに婚約の意義を悟った。リジーは小さな指輪を手に入れ、僕は彼女がほかの男性を寄せつけないよう、巨大な鋼鉄の輪を手に入れたのだ。こいつはいい。これがロマンチックというものなのか？　実に簡単だな。

まだ眠そうにため息をついて目を開けたリジーは、セバステンに気づいた。わたしたち、一緒に寝ているのね。リジーはたびたび見る夢の続きと思い、食い入るように見つめている金色の瞳に見とれながら、高く角張った頬に指を這《は》わせた。セバステンはその手をとらえ、官能的なキスをした。リジーはもっと彼を味わおうと伸びあがり、涙が出そうなほどなつかしい香りを胸いっぱいに吸いこんだ。両腕を彼の首にからませ、豊かな黒髪に指を走らせた。

セバステンは喉の奥で低くセクシーな音をもらした。リジーを抱きあげてソファに腰を下ろし、深く激しいキスをする。リジーは無我夢中で、彼を求めて身を投げだした。

「まだ僕を求めてくれているんだね」セバステンはかすれ声でつぶやき、唇を彼女の長く優雅な首に這わせた。

「でも、長居できないんだ。君のお父さんは理解してくれたけれど、これ以上お父さんを怒らせるようなことはしたくない」

やっと目が覚めたリジーは息をのんだ。熟れた果実のようにセバステンの手の中に落ちてしまうとは。彼女は上体を起こし、ショールをかけ直した。

指輪の重みに気づいたのはそのときだった。リジーは信じられない思いで手を掲げ、照明の光にきらめくみごとなひと粒のダイヤモンドを見つめた。

「気に入ってくれたかな?」セバステンはソファにゆったりともたれ、賞賛の言葉を待ち受けた。

「これは？」

「言わないとわからないのかい？」

プロポーズを断られた男性が婚約指輪を買い、しかも相手の同意も得ずに指にはめたということが、リジーには信じられなかった。

「結婚指輪にもよく合うんだ」セバステンはリジーの沈黙を感激によるものと受け取り、ソファから立ちあがった。彼女は僕に抱きついてくるに違いない。

「そこまでよ！」リジーはわき起こる感情が激しい怒りだとはすぐには気づかなかった。

「今日は本当に忙しかった」セバステンは太い声で鷹揚《おうよう》に言った。「結婚許可証をもらい、教会に予約を入れた。一流の結婚式プランナーにも話をつけた。君は土曜日にゴージャスな姿を見せてくれるだけでいい」

「ドレスはわたしが用意するということ？」

「イタリアのデザイナーに連絡をとった。水曜日にこちらへ来る」

「今度の土曜日……」知らないうちに事が運び、六日後に結婚式だと聞かされて、リジーは驚きのあまり怒りを一瞬忘れた。

「結婚を先延ばしにしないほうがいい、と君のお父さんも賛成してくれた」

「父が？」リジーは上ずった声できき返した。「セバステン……さっきわたしがどんな返事をしたか思い出してちょうだい」

「君はノーと言った。けれど、本気じゃないとわかっていた」

「な、なんですって?」リジーは動揺して声を震わせ、薬指にはめられた指輪をもう一度見た。目の奥がつんとしてくる。セバステンは自分でよかれと思ったら独断で突き進んでしまう。いつかは一緒に食事に出かけたいがためにペンキ屋を雇った。今度だってわたしの断りの返事を信じてくれず、父を利用し、勝手に結婚式の手はずを整えた。

セバステンのそういう自信に満ちたところがよかったんでしょう、とリジーは自分を責めた。でも、彼はわたしを愛していない。わたしが妊娠したから仕方なく結婚を決めたにすぎない。彼は子どもなど望んでいなかったのに。あと何カ月かしたら、わたしは彼を今よりも深く愛し、さらに頼っているかもしれない。でも、わたしの体形はこれからどんどん変わっていく。セバステンはおなかの突き出た姿をうとましいと思うだろう。わたしに飽きて浮気してしまうかも……そんなことになったら、絶対に立ち直れない。

「無理よ」リジーは小声で言った。

セバステンはたくましい腕をリジーにからませ、ゆっくり自分のほうに向かせた。「結婚を目前に控えて神経が過敏になっているんだよ」

「無理よ。あなたとは結婚できない」リジーは血の気の失《う》せた顔で繰り返した。

セバステンは手を離し、一歩下がった。爆発しそうな怒りを抑えようと必死だった。彼女が喜ぶと思うことはすべてやったつもりだが、ひと言の感謝も聞いていない。リジーには僕の熱意すらまったく伝わっていないようだ。

「赤ん坊にはコンタクシス姓を名乗らせ、僕の保護下に置く」闇夜《やみよ》を思わせる瞳がリジーの顔をとらえた。「この点について交渉の余地はない」

「わたしに命令しても無駄よ」リジーは言い返した。

「だったらどうしろと言うんだ！」セバステンは怒りもあらわに噛みついた。

リジーは身を震わせ、顔をそむけた。彼を愛しているけれど、これ以上傷つきたくない、幻滅したくないと、自己防衛本能が働いてしまう。セバステンを、責任感だけで結婚する気になった彼を、どうして信じられよう。そんな人と結婚し、妻として一緒に暮らす気になれるわけがない。少なくとも今は。

彼と距離をおけたらいいのに。セバステンをいきなり家庭生活や子育てに巻きこむのではなく、家庭を持ってやっていけるかどうか見きわめられたら。そうよ、別の家があればいいんだわ。

「返事を聞きたい」セバステンは荒々しく迫った。

リジーは目を輝かせた。「一緒に暮らさないんだったらいいわ……わたしの家を買って！」

「もう一度言ってみろ……いや、言うな」セバステンは耳を疑い、彼女を食い入るように見つめた。

「これ以上の解決策はないわ！　あなたは好きなときに来てくれればいいのよ」リジーは熱をこめて言った。「普通の夫婦よりも独立した生活をお互いに送るの。あなたにはあなたの仕事があるし、わたしも新しい仕事が――」

「仕事だって？」セバステンはすかさず尋ねた。

「明日から始めるの」

「妊娠しているんだろう」

「その会社には妊娠している人もいるわ」

「君は僕の会社で働いているじゃないか」セバステンは我慢できなくなり、別の方面から攻めた。リジーには仕事などさせたくない。よその会社でほかの男どもと接するなんてもってのほかだ。

「過去の話よ。あなたの会社に残るのはまずいわ。社長と関係のありそうな女性がそばにいたら、ほかの社員にいやがられるもの。職場も家も別々にすれば、お互いに都合がいいんじゃないかしら」

セバステンの頬に赤みが差した。「そんなふうには思えないな」

リジーは深く息を吸いこんだ。「それに……最初の二カ月くらいは……あなたはうちに泊まるべきじゃないと思うの」

「はっきり言わせてもらうが、君の家など買うつもりはない！」

リジーは涙がこみあげてきた。「自分を守りたいの。あなたにわたしを責める権利はないはずよ。もう二度と傷つけられたくないの。あなたを信頼できるようになるには時間がかかるわ」

セバスティンは無言のまま拳《こぶし》を固めた。そういうことか。リジーは僕に意趣返しをするつもりなのだ。

「また、変な受け取り方をしているでしょう」リジーは不安に駆られた。「人にかつがれるのは嫌いだ」

「わたしはただ、本当に一緒に暮らしたいかどうかを見きわめるために、お互い距離をおいたほうがいいと言っているだけで——」

「わかっている……君はいったいどうしたんだ？」

「この条件が認められないなら、あなたとの結婚には応じないわ」リジーは声を震わせて言い返し、心の中で彼が折れるよう祈った。

夫婦の営み抜きの謹慎期間をずっと僕に押しつけるつもりなのか？

「もう言うな……」

重い沈黙が流れた。彼の激しい怒りがひしひしと伝わってくる。

「気に入ってもらえないのは……しばらくベッドで愛を交わすことができないから？」リ

ジーはおずおずと尋ねた。

「どこからそんな考えが出てくるんだ？」

「わかったわ……夫婦の営みは拒まないという条件にしましょう」リジーは強硬姿勢を貫けない自分の弱さを思い知らされ、髪の生え際まで赤くなった。

それなら家を一軒買ってやるか。だが、リジーがそこに住むことは決してない。ベッドの制限が撤回されたとたん、セバスチャンは急に楽しくなってきた。

「なんだか愛人を囲っているみたいだな」リジーがもじもじするのを見て、セバスチャンは大いに満足した。「よし、取り引き成立だ」

しかし、まもなく車に乗りこんだセバスチャンの顔には、満足の色も楽しそうな表情もなかった。リジーは僕を愛していない。かつては愛していたというのなら、彼女の愛情を踏みにじったのはこの僕だ。リジーは結婚を受け入れても、あくまでも別々の人生を送るつもりでいる。セバスチャンは常にほかの人たちと切り離された生活を送ってきた。金持ちできょうだいがいないせいもあるが、やがて自らそういう生活を選ぶようになり、他人に多くを求めず、表面的なつき合いしかしなくなっていった。

ところが、今までとまったく異なる生活を送りたい、とセバスチャンは心の奥底で願っていた。リジーと赤ん坊と三人ですべてを分かち合う生活を夢見ていた。その夢がいつ生じ、どうしてふくらんでいったのか、彼にはわからなかった。そんな希望をいだいたこと自体がショックだった。距離をおきたいとリジーに言われ、ベッド抜きではやっていけないだろうからと譲歩してもらった今、ショックはさらに大きくなっていた。

こんな条件をのむなど正気の沙汰《さた》ではない。承諾するのは大ばか者か、それとも……自暴自棄になった者か。生まれてくる子どもの幸せを考えるのがいちばんの目的だったではないか。だったら、些細《ささい》なことにいつまでもこだわっているべきではないだろう。彼は自らに言い聞かせた。

11

転職したその週に結婚の準備をするのは至難の業だった。新しい職場は砕けた雰囲気で、デザイナーブランドの服は仕事の性質上明らかに有利だった。給料もCI社の二倍近くに上がった。リジーは仕事仲間とすぐに打ち解け、ナイトクラブの開店パーティの企画を任された。一日が二十四時間では短すぎると感じるほど充実した一週間だった。

だが、昼休みの一時間に嫁入り道具を選ぶのは骨が折れた。しかも、ナイトクラブではセバステン・コンタクシスの婚約者だと話題になり、二晩も関係者たちにつき合わされた。身重の体は疲れやすくなっている。こんなに多忙では、産科の検診もままならない。

夜、セバステンのことを思うと不安にさいなまれ、眠れなくなる。今週の前半、彼は出張していた。電話はくれたものの、どこかよそよそしい感じだった。彼に何を求めていたのかと思う。日曜日には最高の解決策と思えた別居結婚も、今は失敗だったと思えてくる。

住む場所を別々にして、どんな利点があるというの？　離ればなれに暮らして、真の親しみが育《はぐく》まれるかしら？　それに、生活に変わりがないとなれば、セバステンは独身気分を持ち続けるだろう。あなたを信用できないと面と向かって言い、距離をおきたいと騒いだせいで、彼は普通の結婚生活になじもうとするのは無駄な努力だと思ったかもしれない。

あれこれ考えるうちにリジーの気持ちは沈んでいった。君にぴったりの家を見つけたとセバステンから電話があったのは、結婚式の四十八時間前だった。

「まあ、早かったわね！」リジーはうろたえ、ほかの言葉を思いつかなかった。

その晩、セバステンは家を見に行こうと誘いに来た。彼に会うのは日曜日以来だった。抱きしめて、激しくキスしてほしい、とリジーがそれとなく誘っても、セバステンは頑として乗ってこなかった。

「この指輪、とても気に入ったわ」リジーは彼を喜ばせようと試みた。「それに、あなたが雇った結婚式のプランナーも本当にすばらしいわ」

「妊娠中に無理してもらいたくなかったんだ。新しい仕事はうまくいっているのかい？」

「きついけれど、すごく楽しいわ」リジーは明るく言おうと努めた。四日働いただけで、独身女性向きの仕事だと痛感していた。

「ハネムーンでは一日じゅうのんびりしたらいい」セバステンはそっけなく告げた。

「ハネムーンですって？　就職したばかりで休暇なんかとれないわ！」

「僕から頼んでおいて正解だったな。君の上司はいやな顔ひとつしなかった」

「彼が？」

「当然さ。会社にとって君はかけがえのない存在だからね。僕の妻ともなれば上流階級の人たちと難なく接触できる。広告会社には願ってもないチャンスだ。君は自分の勤務時間を指定できるんだ。その気になればパートタイムだって可能だ」セバステンはえさを見せびらかし、リジーが飛びつくのを待った。

「コンタクシス・インターナショナルでの待遇とは大違いね」パートタイムと聞いてうれしさに飛びあがりそうになり、リジーは自らを恥じた。就職したばかりだというのに、楽な方向に流されてしまったら、セバステンはなんと思うだろう？

「僕が仕組んだんだ」セバステンの表情が厳しくなった。「甘やかされて育ったお金持ちのお嬢さんに、生きるために働くとはどういうことか教えたかったんだ。でも、君が僕の思っているような人間だったら、決して惹《ひ》かれなかっただろうな」

彼が連れていってくれたジョージ王朝様式のタウンハウスは、彼のロンドンの家のすぐそばにあった。二人の家が離れていない点についてセバステンは何も言わず、リジーも黙っていたが、彼の気持ちを察して彼女はひそかに希望をふくらませた。現代ふうに改装した家はしゃれた感じで、内装もすばらしい。セバステンの話では、補償金と引き替えに借家人は明け渡しに応じ、家主も家の売却に同意したという。

「あなたはいつでも欲しいものを手に入れるのね」リジーはつぶやいたが、優雅で広々とした部屋をいくつも見せられていくうちに、ここにひとりで住むと思うと寒気がしてきた。なんてばかなことを考えてしまったのだろう。でも、自分から言いだした以上、今さらどうしようもない。リジーは、早く引っ越したいわ、と熱をこめて語った。

少し広すぎる点を除けば、この家はリジーの父親が住むのにちょうどよい、とセバステンは考えていた。モーリスはフェリシティと暮らしていた家を売りたいと言っていたのだ。だが、リジーのうれしそうな声を聞いていると、彼女が気持ちを変えるという希望はしだいに薄れていった。

結婚式当日、リジーはおとぎばなしに出てくるようなウエディングドレスを身につけた。胴の部分には刺繍《ししゅう》が施され、美しいビーズがちりばめられている。なめらかな肩はむきだしで、床まで届くゆったりしたスカートは、背が高くほっそりしたリジーをこのうえなく引き立てていた。

リジーにとって、その日はうれしい驚きの連続だった。サファイアとダイヤモンドのみごとなネックレスと、おそろいのイヤリングが、セバステンから届けられた。幸運の象徴とされる青いベルベットのガーターと一緒に。花の好みなど教えたことはなかったのに、ブーケはリジーの大好きな古典的なタイプだった。教会までは、シンデレラが乗るような馬車が用意された。花嫁の夢をかなえてやりたいというセバステンの思いがすべてに感じられた。

リジーはバージンロードをしずしずと進んだ。セバステンは振り返り、浅黒い顔に最高の笑みをたたえてこちらを見つめている。意にそぐわない結婚をする人はあんな笑みを浮かべたりしない。リジーはその思いを胸に抱きしめて式に臨み、その後の写真撮影では輝かしい花嫁としてカメラにおさまった。

「君は本当にすてきだ」

教会の前でリムジンに乗りこんだセバステンは低くうなり、ラズベリー色に彩られたリジーの柔らかい唇にキスをした。彼女は夫にしがみついた。

「口紅も髪も台なしじゃないか……」セバステンはやっとの思いでリジーを引き離した。

リジーは彼の情熱がうれしく、挑発するような視線を送った。「それだけの価値はあったわ」

披露宴には大勢の客が来て、花婿も花嫁も応対に追われた。セバステンに導かれてダンスフロアに出たリジーは、ようやく彼と一緒になれてほっとした。

「コナーのことでわたしを見捨てた友だちと会っても、以前みたいな気持ちになれないの」リジーはつらそうに打ち明けた。

リジーが異母弟の名を口にしただけで不愉快になる。セバステンはそんな自分にとまどった。「ここに来ているのか?」

「大勢いるわ。子どものころからの知り合いだったり、家族ぐるみでつき合っていた人たちもいるの。だから招待者リストから外せなかったのよ」

「僕ならひとりも招待しなかっただろうな！　君は優しすぎる。もし誰かが僕の気持ちを逆撫《な》でするようなことをしたら、二度と許すものか」

リジーは緊張した。「わたしもあなたの気持ちを逆撫でしたんじゃない？」

セバステンは彼女をさらに強く抱き寄せた。「一度ならずだ……でも、君は特別だよ」

リジーは不敵な笑みを浮かべてセバステンを見あげた。「今度わたしがそうしたときも、今の言葉を忘れないでね」そして衝動的につけ加えた。「よく見ると、あなたは確かにコナーと似ているわ」

思いがけない指摘にセバステンは身をこわばらせた。「なぜ似ているところを探そうとする？」

冷たい口調できかれ、リジーは驚いて顔を赤らめた。「母親違いの弟だってあなたが言ったから……でも、似ているのは背が高いのと体格と目のまわりくらいね」

リジーが初対面で僕に惹かれたのは、コナーに似ていると感じたからなのか、とセバステンはいぶかった。コナーは彼女を裏切って別の女性と関係を結んだ。事実上コナーに拒絶されていながら、彼を忘れられないなどということがありえるのか？　セバステンはダンスの最中にもかかわらず、思わず立ち止まった。

「どうしたの？」

「コナーの親のことは伏せておくよう君に忠告するべきだったな。コナーの父親は別の男性だ、とイングリッドは僕の父をだました。そうしなくてはならない理由があったんだ。コナーは最後まで事実を知らなかった」セバスチャンは張りつめた表情で言った。

「誰にも話していないわ」リジーは彼の不安を察し、はっきりと言った。「フェリシティとのことを知ってからは、コナーの話はしたくない気分なの」

セバスチャンも同じ気分だったが、思いはどうしてもコナーとリジーのことへ向かってしまう。ディナーに誘った晩、リジーがなんと言っていたか、彼は必死に思い出そうとした。だが、あのときは嘘《うそ》だと頭から決めつけてしまった。

数時間後、セバスチャンの自家用ジェット機の中で、リジーは努めて明るくきいた。「ハネムーンの行き先はもう教えてくれるんでしょう？」

「ギリシアだ」セバスチャンは後悔していた。よりによって、イングリッドとコナーと共に楽しく過ごした地を選んでしまうとは。

リジーはむっつりとした彼に過剰反応するまいとほほ笑み続けた。「あなたの家に連れていってくれるの？」

「僕の島に行く」

「島を持っているの？」

「ギリシアの大物なら、みんな島のひとつくらい持ってるさ」セバステンは肩をすくめた。

「知らなかったわ！」リジーの緑色の瞳にいらだちの色が浮かんだ。

結婚式は本当にすばらしかった。セバステンは上機嫌で、気に障るようなことはなかったと思う。なのに、なぜ？　わたしと結婚したのがそんなに憂鬱《ゆううつ》なの？　リジーは唇を噛《か》んで雑誌を手に取り、無言のまま最高の食事を楽しんだ。

イスボス島に着いたとき、日はとっぷりと暮れていた。二人を乗せたヘリコプターは、天然石でできた低く細長い家のすぐそばに着陸した。セバステンはリジーを抱いて家の敷居をまたいだ。

「家の前に石段がなくてほっとしているんでしょう！」リジーはからかい、くすくす笑った。

セバステンはリジーの愛らしい笑顔を見つめ、にわかにほほ笑んだ。

リジーはインテリアに目を奪われた。磨き抜かれたテラコッタの床や石の壁、荒削りの木の支柱と、厚手のみごとなカーテンや淡い色の現代的な家具との対照がすばらしい。どの部屋も海に面し、家全体に静かな波の音が流れているように感じられる。

「すてきね。ここにいると穏やかな気持ちになれるわ」リジーは会心の笑みを浮かべた。

「イングリッドがこの家の設計を手伝ってくれた」

リジーは驚いてセバステンを見つめた。「彼女は優秀な公認会計士だとばかり思っていたわ」

「ああ。でも、父の愛人でもあった。彼女はコナーが物心つく前に父と別れ、イギリスに戻ったんだ」

「その後もこちらへ来ていたの？」

「いや、一度もない」セバステンは美しいぶな材のベッドの裾《すそ》にあるチェストに上着をほうり投げ、木製のドアにもたれた。「僕も過去は振り返らないようにしている。でも、コナーのことはお互い深く掘り下げていなかったね」

「コナーの？」リジーは驚き、やや間をおいて口を開いた。「彼との関係を詳しく話せということ？」

セバステンは広い肩をすくめてみせた。「この問題を片づけないとな」

リジーは顎をつんと上げた。「悪いけど……片づけるような問題は何もないと思うわ！」

「君と彼との関係について、僕はほとんど何も知らない」セバステンはまったく動じない。

「結婚初夜だというのに、ほかの男性との不愉快な思い出を蒸し返そうというの？」リジーは激しい憤りを抑えこもうと息を深く吸ったが、うまくいかない。「どこかへ行って、セバステン！」

セバステンは背筋を伸ばし、美しい瞳を金色に光らせた。「そうさせてもらおうか」

「あなたはここに来るまでほとんど口をきかなかったけれど、それだけじゃ物足りないの？　わたしは気まぐれな人には我慢できないわ」

「僕は気まぐれじゃない」セバステンはぞっとするほど低い声で告げた。「コナーに似ているところがあると君に言われたときに思ったんだ。君は初めて僕を見たとき、何を感じていたのか、と……」

リジーはとげとげしい目で彼を見つめた。先に出会ったのがコナーだったという現実は変えようがない。「あなたみたいに所有欲の強い人は初めてよ」

「所有欲など僕は――」

「かっとなりやすい。所有欲が強い。嫉妬《しっと》深い！　コナーとフェリシティがベッドを共にしているのを見てどう感じたか、本気でわたしに言わせたいの？　それも、今夜？　あなたったら、ロマンチックなところも繊細さもまったくないのね！」リジーはバスルームに駆けこみ、鍵《かぎ》をかけた。

セバステンは砂浜に出た。リジーに、自分自身に、そして誰よりもコナーに対して腹が立つ。リジーにとっていかにつらい経験だったか、今にして初めてわかった。だが、僕はかっとなりやすいタイプではない。人からそう指摘されたためしもない。自制心は強いはずだ。それに、僕も男だ、ある程度の所有欲はある。リジーは僕の妻なんだぞ！　残るひとつについては、セバステンは考えようともしなかった。

セバステンが披露宴のときから何を考えていたのか、リジーはようやく悟った。コナーと似ているなどと言うべきではなかったのだ。泣き疲れたリジーはバスルームから出て、心地よいベッドに腰を下ろした。とどのつまりは嫉妬だったのね。外見も人格も魅力も、セバステンのほうがコナーよりはるかに上だ。比べものにならないのに。

三十分ほどしてセバステンが寝室に戻ってきたとき、リジーは深い蜂蜜《はちみつ》色をした薄手のナイトドレスを着て、シルクのベッドカバーの上で寝入っていた。その頬にかすかな涙の跡を見た彼は、乱れた黒髪をかきむしった。リジーが相手だと、なぜまともにふるまえなくなってしまうのか？　リジーを苦しめたという点では、僕もコナーと大差ない。リジーは僕の子を宿しているというのに……。

目を覚ましたリジーは上体を起こした。ドアは開いたままで、入江から金色の太陽がのぼっているのが見える。隣の枕《まくら》には、セバステンが使った形跡が残っていた。リジーはベッドから下り、寝室と続きのバスルームに向かった。セバステンはどこへ行ってしまったのだろうといぶかりつつ。

寝室に戻ったリジーは、ほっとして立ち止まった。セバステンはドアのそばで床にクッションを置き、寝そべって日の出を見つめていた。たくましい褐色の背中はむきだしで、はき古したジーンズは、引きしまったヒップや筋肉質の長い太腿を強調している。

夫が振り返った。黒いまつげに縁取られた瞳と視線が合ったリジーは、口の中がからからになり、息すらできなかった。

「おはよう」彼はリジーに向かって手を差し伸べた。

「ゆうべ起こしてくれればよかったのに……」

セバステンは彼女の手を引いて座らせ、背中に腕をまわして抱き寄せた。「疲れていたんだろう」

リジーはセバステンの温かい体に身を寄せ、彼の腕を我が身にきつく巻きつけた。夫がほっそりした肩にかかっている髪を払い、むきだしになった肌に唇を押しつけてくる。彼女はいきなり身をよじり、彼の唇にみずみずしい唇を重ねた。

セバステンはリジーを引き離した。「朝食が待っているよ……」

「朝食?」リジーはとまどった。

「もしよかったら、僕をデザート代わりにすればいい」セバステンは優雅な身のこなしで立ちあがり、彼女を屋外のテラスへといざなった。テラスのテーブルにはロールパンとシリアルと果物が並んでいた。

「ここの使用人は目に見えないの?」リジーはセバステンが引いた椅子に腰を下ろしながらきいた。

「僕が用意したんだ。使用人は呼んだときしか来ないよ」

「いつもはどこにいるの?」

「丘の向こうの母屋だ」セバステンは松林の丘のほうを顎で示した。

「ほかにも家があるの？」

「父の妻たちはここでは満足できなかったのさ。僕は客をもてなすときは母屋を使い、ひとりのときはここで過ごす」

　今はひとりじゃないのに。リジーはほほ笑んだ。紅茶を飲み終えるとセバステンは桃の皮をむき、ひと口分ずつ切ってはリジーの口に入れた。リジーはくすぶるような金色の瞳をうっとりと見つめ、桃の汁のついた彼の指をなめた。

「準備はいいよ」セバステンは席を立った。

ジーンズの前が盛りあがっている。リジーは頬を染め、筋肉に覆われた体に我が身を押しつけた。セバステンはリジーの乱れた髪に指をからませ、開いた唇を奪った。

「ろくな食事じゃなかっただろう」セバステンはからかいながらリジーを抱きあげ、ベッドへ運んだ。

「でも、自分で用意できるのね……いつもそうしているの？」リジーはなんとか会話を続けながら、ジーンズのジッパーと格闘していた。

　セバステンは鮮やかな手つきで自らジッパーを引き下ろした。「僕の子を宿していると思うと、君がよけいセクシーに感じられる」

「本当？」リジーは目を丸くしたが、彼の真剣そのものの表情を見て、うれしさがこみあげた。

「本当さ」セバステンはカリスマ的な笑みを浮かべ、ナイトドレスを難なくはぎ取った。

リジーは彼の言葉に意を強くした。「ゆうべのことなんだけど、コナー――」

「しーっ」セバステンは笑みを浮かべたまま警告した。「僕が的外れなことを考えて――」

「でも――」

「目を閉じて」セバステンがリジーの胸の頂に愛撫《あいぶ》を加え始めると、彼女はたちまちめくるめく興奮が支配する官能の世界へ連れていかれた。

彼の熱い唇が胸を這《は》っていく。リジーの口から長いため息がもれた。ため息がうめき声に変わるまで、彼は二つの小さなつぼみから口を離さなかった。

「セバステン……」エロチックな唇が震えている腹部へと下りていく。「あなたが欲しい……」

「まだだよ」彼はリジーの脚を開き、今まで彼女にはしたことのなかったやり方で愛し始めた。

リジーは目を大きく見開いた。「だめ……」

だが、彼女はまもなくいつもより激しい歓喜に身を焦がし、自分を抑えられなくなった。心臓の鼓動が耳の奥で大きく響き、全身が耐えられないほど敏感になったとき、セバステンが覆いかぶさり、勢いよく貫いた。あまりの快感にリジーは息もできず、やがて絶頂の叫びをあげた。

リジーは穏やかな余韻に浸りながら、褐色のたくましい肩に頬をすり寄せた。セバステンに抱きしめられ、幸せで胸がいっぱいになる。彼女はひそかに感じている物足りなさを忘れようとした。

「君の本当のすばらしさを知っているのはこの僕だけだというのは気分がいい」セバステンは温かみのある緑色の瞳をのぞきこみ、満足げにつぶやいた。

「ほかにも結婚の楽しみが見つかると思うわ」リジーは楽しそうにささやいた。

セバステンは彼女をじっと見つめ、赤くなったみずみずしい唇にそっとキスをしてから、重大発表をするかのように息を吸いこんだ。「僕たちには特別なものがある……本当に特別なものだ」

「そう?」もっと先を続けて。リジーは心の叫びを声に出さないよう努めた。

「ああ」君を高く評価していると言おうとしているのに、リジーはなんとも感じていないようだな。セバステンは少々むっとした。「君にはとても親しいものを感じるんだ」

「ああ……」リジーは彼に身をすり寄せた。

「女性にこれほど親しみを感じたことはなかった」リジーが蔦《つた》のようにからみついてきたことに、セバステンは慰められる思いがした。「君はほかの女性と違ってとても率直だ」

「誰かに恋をしたことはある?」リジーはさりげなさを装ってきいた。

セバステンは緊張した。「いや……」

リジーはその返事で満足するしかなかった。

二週間後、赤銅色のドレスを身につけたリジーは、ギリシアの太陽でかすかに日焼けした肌にそれがとてもよく似合うことに気づいた。

エメラルドのイヤリングと、エメラルドとダイヤモンドのネックレスをつける。イヤリングは週末に、ネックレスはゆうべ、夫がプレゼントしてくれたものだ。体形が変化し始め、ドレスの胸が少しきつく感じられるが、リジーの気分は晴れ渡っていた。

二人は砂浜でのんびり過ごし、食べたいときに食べ、泳ぎたいときに泳ぎ、寝たいときに寝て、夜は使用人が給仕するすばらしいディナーをテラスで満喫しながら、遅くまでおしゃべりに興じた。港近くの静かな村まで散歩し、食堂《タベルナ》で食事をしたこともある。にぎやかなコルフ島に飛び、買い物や食事やダンスを楽しんだこともある。

妻子と過ごす時間を増やしたいから海外出張を減らすとセバステンが言ったとき、リジーは驚くと同時に感激もした。

「減らすのはむずかしいでしょう」

「子どものころ、父は僕のそばにいてくれたためしがなかった。父はそういう生活を選んだ。僕も同じように自分で決める」セバステンは今まで抑え続けてきた家族への思いを打ち明けた。「父は僕の世話を妻に期待していたが、どの妻も使用人に任せきりで、全寮制の学校に僕を押しこんだ」

リジーは胸がいっぱいになった。精神的に恵まれない少年時代を過ごしたセバステンは、我が子には同じ思いをさせまいと心に誓っている。わたしは幼いときに母を亡くしたけれど、父に温かく見守られ、愛情を注がれて育った。幼いときから自分だけを頼りに生きるしかなかったセバステン。性格が複雑になったのもわかる気がする。

この二週間、セバステンはリジーに思いもよらない喜びを与えてきた。ロンドンから持ってきたドライトマトをリジーが瓶からじかにフォークでつついているのを見つけたときは、きまりが悪そうにしている彼女を見て笑い、トマトの瓶も一緒にベッドへ運んだ。それから二十四時間とたたないうちに、食卓にはギリシア製のドライトマトが並んでいた。

申し分ない夫だわ、とリジーは心底思った。セバステン自身は気づいていないようだが、ロマンチックで、情熱的で優しく、一緒にいてとても楽しい。結婚する気なんかないのでは、と心配していたのが嘘のようだ。別々の家で暮らすなんてやめにしよう、と彼はそのうち言いだすに違いない。確かにばかげた考えだとリジーは思っていた。

別居生活の話題が出たのはハネムーン最後の夜だった。その夜、セバステンは二人だけの愛の巣から出て、大きな白い母屋でパーティを開くことにした。結婚式が急だったため、式に来られなかったギリシアの友人や仕事の関係者を招こうと思ったのだ。

「そのドレスはとてもよく似合うよ」寝室に入ってきたセバステンは言った。

リジーは賞賛に満ちた彼の表情を見て、笑みを浮かべた。「あなたが選んでくれたんでしょう。これにエメラルドはぴったり。どうもありがとう」

「礼には及ばないさ。エメラルドは君の瞳を引き立てるから、どうしても必要だったんだ」

セバステンは大いに満足していた。リジーは本当に幸せそうだ。ロンドンに戻っても、別居するなどと言わないだろう。以前のような気持ちが少しでも戻ってきたのなら、考え直してくれるに違いない。

「イングリッド・モーガンとはどうして仲よしになったの？」リジーは靴を脱ぎ捨て、はだしになって砂浜に出た。松林を抜けて母屋に行く道は、反対側の砂浜に沿っている。

「八歳から十一歳まで、僕は学校が休みになると必ずここに来て、イングリッドとコナーと一緒に暮らしていたんだ。父はほんの二、三日立ち寄るだけだった」

「休みのたびに来ていたの？」リジーは驚いた。

「父にとって都合がよかったのさ。たまたま結婚していない時期だったから。イングリッドはコナーと同じように僕を扱ってくれ、家族の一員という気分を味わわせてくれた。イングリッドといつ結婚するのかと父にきいた日、彼女たちとの交流は終わったんだ」セバステンは自分の弱みを妻に見せてしまったように感じ、顔をしかめた。

「二人が結婚するのは問題外だったの？」

「父はイングリッドを愛人としてしか考えたことがなく、僕がませた口をきくのを嫌って、その晩僕をアテネの家に連れて帰った。僕がイングリッドと再会したのは、大人になってからだ」

「なんてひどいことを！」リジーはうめいた。

女性を信じられないとセバステンは言ったけれど、無理もないわ。子どものころ、慕っていた女性から二度も引き裂かれてしまったんだもの。お母さんは自ら望んで我が子を手放した。そして、イングリッドはどうすることもできなかった。

なぜリジーにこんな話をしてしまったのだろう。セバステンは激しい怒りを覚えた。リジーは涙ぐんでいる。僕のためを思ってくれているのはうれしいが、そこまで同情されるととまどってしまう。

アンドロス・コンタクシスが二番目の妻のために建てたみごとな邸宅が見えてきた。リジーは一週間前にここを訪れていた。ホテル並みの部屋数を誇るこの家は、大きさでは圧倒されるものの、個性に欠けるきらいがあり、心に響いてくるものがなかった。

リジーは微妙な話題を変えようと明るい声で言った。「あの家にいろいろ手を加えようと思っているの。早くロンドンに帰りたいわ。インテリアデザイナーや建築家とも相談しなくちゃ」

リジーに買ってやった家のことだと思い、セバステンは愕然《がくぜん》とした。この二週間いろいろ分かち合ってきたのに、リジーは何も感じていないのか？　彼女にとって僕はどういう存在なのだろう？　海外で休暇を楽しむための手段か、それともコナーのあとを埋めるためだけの愛人か？　どうせそんなところだろう。おなかの子の父親はこの僕だというのに！

リジーはセバステンが押し黙っているのに驚き、顔を赤らめた。喜んでもらえると思っていたのに。でも、結婚したばかりで彼の家を改装したいなんて言いだすのは出すぎたまねかもしれない。セバステンのほうから言いだすべきことだったのよ。リジーの父は家のことを女性に任せきりだったため、彼女はセバステンも同じだと思っていたのだ。

「もちろん、変えたら必ずよくなるという保証はないわ」リジーは前言を取り消そうと、急いでつけ加えた。「お金がかかることを焦って始めるのは間違っているかも――」

「好きなときに好きにすればいい」セバステンは突き放すように言った。

彼の反応に、リジーはショックを受けた。わたしがいったい何をしたというの？　母屋に足を踏み入れたとき、彼女は夫の厳しい横顔を盗み見た。彼は明らかに怒っている。しかも、客が次々に押し寄せてくると、リジーのそばを離れて客の相手ばかりをし、英語を話せる客にもギリシア語しか使わない。会話に加わるなとリジーに宣言したも同然だった。

「あなたに同情しちゃうわ」美しい黒髪を持つキャンディスは、以前セバステンとつき合っていたとリジーに打ち明けたあとで、いきなり言った。

「どうして？」リジーは身をこわばらせた。

「セバステンが結婚生活になじむなんて思えないもの」リジーが顔を赤らめたのを見て、キャンディスのエキゾチックな黒い瞳にあざけりの色が浮かんだ。「束縛されるのが嫌いな男の人っているのよね。でも、まだ結婚したばかりなんでしょ？」

セバステンのせいでみんなの笑いものになっている。キャンディスのとげのある言葉を聞いただけでリジーはそう悟り、彼がひとりになったわずかな瞬間を逃さず、夫の表情を観察した。社交的な笑みはなく、いつもの健康的なオリーブ色の肌は青ざめて見える。リジーは心配になり、セバステンに駆け寄った。「どうしたというの？」

「別にどうもしていないよ」セバステンは驚いた顔でリジーを見つめた。

「でも、今夜はろくにあなたと――」

「四六時中くっついている必要があるのか？」セバステンはあざけるように黒い眉を上げた。「この二週間ずっと一緒だったから、息抜きも必要だ。ロンドンに帰って別々の生活をするのが待ち遠しいよ」

音のない雷のような沈黙が訪れた。

「そう思っているのはあなたひとりじゃないわ」リジーは落ち着いた声で言おうと努めた。

リジーはセバステンから離れたが、心はぼろぼろになっていた。二人の心は強い絆《きずな》で結ばれたと信じていたのに。なぜそんな言い方ができるの？　これほど冷たい仕打ちをされても、まだ彼を愛していると言える？　リジーにとって、何が問題なのか、問題がいつ生じたのか、そんなことはもはやどうでもよかった。

彼が愛してくれていないのはわかっていた。それでも、わたしたちはとても親密な関係だと信じていた。彼だってそう言っていなかったかしら？　何を信じたらいいの？　セバステンがベッドの中で言ったこと？　ベッドの外で言ったこと？　理性ははっきり答えを出していた。リジーは大勢の客を見渡した。どの顔もぼやけて見える。グラスの触れ合う音も、話し声も音楽も、いやに遠く感じられる。次の瞬間、リジーは今までになく激しいめまいに襲われた。そばの椅子に座ろうとしたが間に合わず、押し殺したうめき声をあげ、床に崩れ落ちた。

リジーがひどく青ざめ、体がふらついているのに気づいたセバステンは、すぐに彼女のもとへ向かった。そしてリジーが気絶した瞬間、彼は冷静さを失い、妻を殺してしまったと思いこんだ。客の中に医師が少なくとも三人はいるという事実も、なんの慰めにもならなかった。

意識を取り戻したとき、リジーは別室のソファに寝かされていた。三人の男性が部屋の中を歩きまわっている。セバステンは膝をつき、彼女の手を握りしめていた。男性的なその顔を見たリジーはまばたきをし、ほほ笑みそうになった。だが、そのとたん彼の拒絶の言葉がよみがえり、赤みが差しかけていた顔は再び青ざめた。彼女は顔をそむけ、深く息を吸いこんだ。

「ただの気絶だ。心配ないさ」セバステンの大学時代の親友がギリシア語で言った。「こんな蒸し暑い夜に、妊婦を長時間立たせるのはよくない――」

「それに食事もとっていなかっただろう」別の友人が口をはさんだ。

「か弱い感じだしな」三人目の医師が言った。「二百人の客をもてなすのは荷が重すぎたのだろう。彼女には休息と優しい介抱が必要だ。そしてストレスを最低限に抑えてやらなくてはな。おまえがしっかりしないとだめだぞ」

医師たちに指摘されるまでもなく、セバステンはリジーの体調を気遣わなかったことを悔やんでいた。「ベッドに行こう」彼は妻を抱きあげた。

リジーは抗議しなかった。彼に拒絶されたと考えれば考えるほど苦しみがつのる。だが、彼女はなんとか普通にふるまおうと努め、医師たちに礼を言った。

主寝室に入り、巨大な円形ベッド――リジーは初めてこれを見たとき笑いころげた――に彼女を寝かしつけたときには、セバステンですら少々息を切らしていた。リジーのいない人生を想像してしまった彼は、プライドで築きあげた分厚い壁を必死に打ち壊そうとした。

「四六時中くっついている必要があるのかなどと言ったのは、真っ赤な嘘だったんだ」セバステンはせっぱ詰まった声で告白した。

今ごろになって哀れんでくれたのね。リジーは寝返りを打って彼に背を向けた。「ひとりにさせて」

「僕が悪かった」セバステンは声を落とした。「もうこれ以上君を苦しめたくない。君に幸せになってもらいたい」

「だったらわたしの前から消えて」

「でも、僕にはどうしても君が必要なんだ」セバステンは必死の思いでその言葉を口にした。

リジーの頬をひと粒の涙が伝い落ちた。「わたしにとってあなたは必要じゃないわ」

12

セバステンにとって最悪の夜だった。

夜明け近くまで泊まり客につき合わされ、最後の客が帰るまで陽気なホスト役を演じ、やっと客から解放されたときには、もうロンドンへ帰る時刻が迫っていた。

ベッドで朝食をとったリジーは髪を品よくまとめ、濃い緑色のシフトドレスを着て一階に下りていった。大きなサングラスをかけているせいで、みずみずしいピンク色の唇と鼻の頭しか見えない。

「気分はどうだい？」セバステンはさっきも寝室に行って同じ質問をしようとしたが、ドアには鍵《かぎ》がかかっていた。

「最高よ……早くうちに帰りたいわ！」リジーは言い捨て、足早にヘリコプターへと向かった。

リジーはプライドだけで持ちこたえていた。アテネで自家用ジェット機に乗りこむと、スチュワーデスたちと明るく言葉を交わし、自分で選んだ映画に笑いころげた。それから遅い昼食をたっぷりと食べた。セバステンには見向きもしなかった。

「どうしても会社に寄らないといけないんだ」彼はリムジンに乗りこんだリジーに告げた。

「家で会おう……話し合わなければ」

何について話し合うというの？　彼の気持ちはもうわかっている。買ったばかりのタウンハウスはまだ家具が入っていない。でも、彼の家へ行くくらいなら、何もない家に仮住まいするほうがましよ。セバステンはわたしと一緒にいたくないのだから。

ハネムーン中の彼との親密な思い出の数々がよみがえってくる。セバステンはいつも明け方に彼女をたたき起こして朝食をとらせ、彼に言わせると〝一日でいちばんいい時間〟を楽しんだ。リジーはあくびを噛《か》み殺し、活気にあふれた夫に調子を合わせようと努めるのが常だった。町に出て店で服を試着するとき、彼はくすぶった光を瞳に宿らせ、どの服がいいか目で知らせてくれた。夜は必ずリジーを抱き寄せ、安心感と満ち足りた思いを味わわせてくれた。

失ってしまったものを思うと、たとえ一時的であれ、彼と同じ屋根の下で暮らすのはつらすぎる。生まれてくる子どもにはコンタクシス姓を名乗らせる、と彼は言った。でも、その要求を満たすのに両親が同居する必要はない。婚姻関係を続ける必要すらないと彼の両親は証明したではないか。

セバステンが帰宅したのは七時少し前だった。リジーはすでに姿を消していた。主寝室の奥の更衣室は、まるでリジーという名の嵐《あらし》が過ぎ去ったあとのような状態だった。ベッドの上に書き置きを見つけ、セバステンは凍りついた。

「家具を少しお借りしたけれど、すぐに返すわ。このほうが楽だから。これからも連絡して」

これからも連絡しろだと？　誰にとって楽だというんだ？　セバステンはメモ用紙を握りつぶした。ゆうべ、君が必要だと言ったのに、リジーはなんの感銘も受けなかったということか。男性にそう言われたら、感涙してもおかしくないはずだ。だが、彼女は出ていった。勝手にさせておけ。かたくななプライドがセバステンに命じた。

玄関の呼び鈴が鳴り、リジーは勇気を奮い起こしてドアを開けに行った。セバステンは黒っぽいフォーマルなビジネススーツを身につけ、顔をこわばらせて立っていた。リジーは素早く彼の全身に目を走らせた。完璧《かんぺき》としか言いようがない。リジーは足音がこだまする玄関ホールを横切り、なんとか家具をそろえた唯一の部屋へ案内した。

「僕を見て……」セバステンは低く荒々しい声で言った。

彫りの深い顔の隅々にまで緊張がみなぎっている。リジーはどきっとした。

「僕の家に来てくれ……頼む」セバステンは最後の言葉に力をこめた。「話し合わなければ」

「言うべきことはゆうべ全部言ったはずよ」

「いや……自分の意志に反して君と距離をおこうとしたんだ。やり直せるものなら、二度と同じ過ちは繰り返さない。本当だ」

「ゆうべはわたしをわざと傷つけるまねをして」

セバステンは耳障りな笑い声をあげた。「この家をリフォームするのが楽しみだと聞かされて、僕がどんな気分になったと思う？　どう反応すればよかったんだ？　僕と一緒に暮らす気もなければ、僕たちの結婚生活にかすかな希望も見いだせない、と君は宣言したも同然じゃないか！」

リジーはあっけに取られ、目を丸くした。「わたしが言っていたのはこの家じゃないわ。あなたのお父さんの屋敷だったのよ！」

部屋を歩きまわっていたセバステンは立ち止まり、いぶかしげな顔をした。「イスボスの母屋か？」

「ええ」リジーはゆっくりと息を吸いこんだ。「あなたは誤解して誤った結論を下してしまったのね」

「君は僕の家を出てここへ来たじゃないか」

「あなたがそう望んでいると思ったからよ！」

「どうして僕が妻と離れて暮らしたいなどと思ったりするんだ？」セバステンは瞳を金色

に鋭く光らせ、言い返した。「しばらく別居する案を受け入れたのは、そうしないと君が結婚してくれないと思ったからだ。僕には結婚生活の始まりというより終わりという感じがしたが、自分の気持ちを君に押しつけてはいけないと思ったんだ」

「それで、今はどういう気持ちなの？」リジーの声は緊張のあまり消え入りそうだった。どうしてもセバステンの口から聞きたかった。

「最初から最後まで君との関係を台なしにするようなことばかりしていた僕は、当然の結果を迎えたと言えるのかもしれない……。でも、まだ君を愛している。君にどれだけ待たされても、僕はあきらめないつもりだ」セバステンは言い切った。

リジーは彫像のように立ち尽くしていた。「わたしを愛しているの？」

セバステンは緊張した表情で重々しくうなずいた。

「いつから？」ほとんど声にならない。

「初めて君と出会ったときからだ。あの晩、僕はいつもなら決してしないようなことばかりしてしまった」リジーは借りてきたソファを手で探り、その端に腰を下ろしたが、セバステンはそんな彼女の様子に気づいていないようだった。「確かに僕は君の弱みにつけこんだ。君がとても傷ついているとわかっていながら、どうしても手放せなかった。愛は人を優しくするものなんだろうが、あのときの僕は普段よりもわがままで残忍になっていた」

「セバステン――」リジーは信じられない思いだった。今まで夢見てきたことが現実になるなんて。

「いや、どうしても言おうと決めたんだ」彼は妻を制し、自嘲《じちょう》気味に言った。「あの晩、君の酔いがさめたら客用の寝室に寝かせるべきだった。でも、そうしていたら君は妊娠もせず、君を説き伏せて結婚することもできなかっただろう。だから、あのとき君を抱いたことは後悔していない」

リジーはうっとりと彼を見つめていた。妊娠が結婚に結びついてうれしいという彼の言葉は胸に強く響いた。

「バージンじゃないかと感じたときも、君に悪いことをしたとは思わなかった。君は僕だけのものだと実感したからだ。君は僕のことを所有欲が強く嫉妬《しっと》深いと言ったね。そのとおりだよ。僕が君の初めての恋人だとわかってうれしかった」

「正直に言ってくれてとてもうれしいわ」リジーは声を絞りだした。

「そのあとで運転免許証を見て、君がリサ・デントンだとわかったときは、しくじったと思ったよ」

「わたしが誰か本当に知らなかったの？」

「知らないと言っただろう！　君の連れの小柄な女性がリサ・デントンだと思いこんでいたんだ」

嘘《うそ》ではない、とリジーは感じた。

「正体を知ってからは、君への気持ちがわからなくなった。コナーとの思い出を大切にしたいという気持ちが強すぎて、何もかもぶち壊してしまった」

「大人になってからのコナーはよく知らないって言っていたのに」

セバステンは顔をしかめた。「コナーが弟だとイングリッドから聞かされたのは彼の葬儀のときだ」

表情豊かなリジーの瞳に怒りが浮かんだ。「ひどいわ……コナーが亡くなってから教えるなんて！」

「ひどいとまではいかないにしろ、今にして思うと、計ったようなタイミングだった。イングリッドは悲しみのあまり気が変になっていたんだろう。でも、おかげで僕はとてつもない喪失感を味わい、コナーと連絡をとり続けていなかったことが悔やまれた」

セバステンとコナーは気が合うとは思えなかったが、リジーは黙っていた。つらい思い出は色あせてきたものの、コナーが最後まで自己中心的で傲慢《ごうまん》だったのは事実だった。コナーは、わたしに裏切られたせいで身を誤ったと友人たちに思わせた。そして、自分の死までわたしのせいにしてしまったのだから。

「コナーがどんな人間かよくわかったよ。知りたいと思う以上にね」リジーの気持ちを察したのか、セバステンは苦々しく言った。「僕がさらに君を傷つけてしまったというのがいちばんこたえた」

「もう過ぎたことよ」

「君が忘れられないのは性的な魅力のせいだ、と何度も自分に言い聞かせたりもした。地下室でのことだが、本当に悪かったと思っている」

「わたしがあなたを好いているってわかったのはそのときだったんじゃない?」リジーは優しく促した。

セバステンの頬に赤みが差した。「自分がろくでなしに思えた。君を傷つけたくなかったんだ。だから君を捨てるしかないと決めた。もう自分ではにっちもさっちもいかない事態になっていたんだよ」

喉の奥で突然笑いがはじけ、リジーは必死の思いで口を開いた。「とてもつらい思いをしていたのね」

「君のほうから僕を捨てたくせに。本当は僕がそうしようと思っていたんだぞ!」

リジーは伸びあがって彼に腕をからませた。

「君は怒っているんだと思っていたよ。どうして抱きついているんだい?」セバステンはギリシアなまりをむきだしにしてきいた。

「クレオパトラほどの魅力があるとわたしに思わせてくれたから……わたしを愛してくれたせいでとても苦しんだから……だから、今までのことは許してあげる」リジーは両腕を彼の首にきつく巻きつけた。

「許してくれるのか?」緊張が少しゆるみ、セバステンはリジーを抱きしめた。「これからは君を幸せにしてあげたいんだ。チャンスをくれるかい?」

「ええ、いくらでもあげるわ」リジーは彼の瞳にまだ不安の色が残っているのに気づいた。「わたしに恋しているって、いつ気がついたの?」

セバステンは身構えた。「ギリシアにいたとき、そんな気がしたが、深く考えなかった。ロンドンに戻ったらどうなるかわからなかったしね。でも、ゆうべ君が倒れたとき、僕にとって君がかけがえのない存在だと気づいたんだ。君のいない人生を思ったら――」

「ぞっとする? そうであってほしいわ。だって、わたしのいない人生にはならないもの」

「女性をここまで愛せるとは思わなかった」セバステンはリジーを見つめ、笑顔をそっと手で包みこんだ。「君のすべてを愛している……君は僕を困らせることもあるけれど、そんなところも含めて大好きだ。だから僕をからかうのはやめてくれ」

彼が発する言葉のひとつひとつに誠意が感じられる。愛情をこめてじっと見つめられ、リジーは顔が熱くなった。「わたしもあなたを愛しているわ」

「今でも? もう僕を見限ったと思っていた。戻ってきてくれと頭を下げて頼んでも、君は決して譲らないだろうと思いこんでいたよ!」

「頑固にもなれるけれど、ずっとあなたを愛し続けていたの」

セバステンはまばゆい笑みを浮かべ、リジーを強く抱きしめた。「幸せすぎてどうしようもない……もう一度言ってくれ」

リジーは言われたとおりにした。

セバステンは彼女に同じ言葉を返さなければいけないと感じた。すばらしい気分だった。天にものぼる心地がした。リジーはついに僕のもの、僕だけのものになった。僕が贈った結婚指輪をはめ、僕の子を宿しているリジー。セバステンはキスをしてもらおうと待ち構えているリジーを引き離し、手を取って玄関ホールへと向かった。

「どこへ行くの?」

「うちへ帰るんだよ……すべてが始まった家にね。あの晩のいちばんいい場面を再現できるかな?」セバステンはにやりとしてリジーを見やった。

「その可能性は大いにあるんじゃないかしら」リジーは頬を染めてほほ笑み、彼の車に乗りこんだ。

一時間後、セバステンはリジーを抱き寄せ、ベッドに仰向けで横たわっていた。晴れ晴れとした気分でリジーのそばかすを数えている。ギリシアでは彼女に帽子をかぶらせ、なるべく日なたに出さないようにしていたが、ギリシアの太陽は新たに六つのそばかすを彼女に恵んでしまった。リジーがそばかすを気にしているので、セバステンは何も言わず、まだ平らな彼女の腹部に手をあてがった。自分のものだと思うと、笑みがこぼれてくる。

「何を考えているの？」リジーは信じきった表情で彼を見あげ、ほほ笑んだ。

「君は今まで最高の投資だと思ったのさ。赤ん坊が生まれたら、二人とも僕のものになる」セバステンは満ち足りた思いで穏やかに言った。

「三人家族になるわね。逃げだそうとしても無理よ。あなたを離さないから」リジーはからかった。

セバステンは愛情のこもったまなざしでリジーを見つめた。「自分だけの家が欲しいと君が言いださない限り、逃げたりしないよ」

リジーは眉を寄せた。「とても後悔しているわ」

「もう気にしなくていい。幸せなハネムーンを分かち合い、すべてを語り合った仲じゃないか……でも、僕も君もハネムーン後の生活を口にする勇気がなかったね」

「あなたが考え直せって説得してくれるのを待っていたのに」リジーは文句を言った。

セバステンは唐突に笑い、リジーに息つく間も与えないほど熱いキスをした。

二人が夕食をとったのは、それからさらに一時間後だった。不要になった家にリジーの父親が住んだらどうだろう、とそのときセバステンは提案した。

「すてき！」リジーは叫んだ。

セバステンはリジーの喜びと感謝の言葉を何食わぬ顔で受け止めていた。最初からそのつもりで家を買ったなどと白状する気はなかった。

　一年四カ月後、セバステンとリジーは娘のジェンマの洗礼を祝うパーティを開いた。イングリッド・モーガンも出席した。彼女とリジーは何カ月か前にすでに和解していた。最初のうち、リジーはセバステンに不愉快な思いをさせたくないからと、仕方なくイングリッドに会っていた。だが、人柄を知るにつれ、イングリッドが好きになっていった。彼女は息子が事故死したという現実を受け入れ、人を責めるのは間違っていたと認めた。

　客が帰ると、リジーは兎《うさぎ》をかたどったかわいいパジャマにジェンマを着替えさせ、ベビーベッドにそっと寝かせた。娘がかわいくてたまらない。ジェンマは肌も髪も父親譲りだが、性格は母親に似たところを時折見せている。陽気な子で、よく眠り、めったに泣かない。リジーはベッドの手すりに肘をついてジェンマを見下ろし、ほほ笑んだ。

　リジーにとっても、彼女の父親にとっても波乱に満ちた一年だった。モーリス・デントンはすでに離婚していた。フェリシティは別の男性と出会い、離婚手続きを早く終えたがっていた。モーリスは長らく落ちこんでいたが、引っ越してから明るさを取り戻し始め、娘婿とも気のおけないつき合いをするようになった。

　妊娠中、夫と父親がそばにいることがリジーには息苦しく感じられるときがあった。二人が団結してリジーに仕事を辞めさせようとしたからだ。だが、彼女は妊娠七カ月になるまで働き続けた。仕事はとても楽しかった。疲れと残業で夫と夜をゆっくり過ごせないのは問題だったけれど。

ジェンマは安産だった。生まれるまでセバステンは不安を隠しきれずにいたが、リジーは夫が代わりに心配していてくれるからと落ち着きはらっていた。子どもは遠くから見るのがいいと言っていた夫が、今は何かと口実を探しては娘を抱きあげている。

「抱っこしちゃだめよ」背後の足音を聞きつけ、リジーは夫に警告した。「眠りかけているときに起こすのはよくないわ」

セバステンがどきりとするような笑みを浮かべているのを見て、リジーの脈が速くなった。ジェンマが生まれてからというもの、夫を今まで以上に愛していると感じてしまう。

「いつからそんな偉そうな言い方をするようになったんだ？　ジェンマをずっと抱っこしてしまうぞ」セバステンはからかいながら、リジーの全身を眺めまわした。光沢のあるブルーのスーツを着て、髪を乱した姿はとてもセクシーだ。「実は君を捜していたんだ」

くすぶるような瞳にすでに気づいていたリジーは、身をくねらせて夫のたくましい胸に飛びこんだ。

「どうしようもないおてんばだな」セバステンは満足げに言い、慣れた手つきで彼女を抱きあげ、夫婦のベッドへと運んでいった。リジーはいつもこうして運ばれるのが好きだった。

セバステンは上着をほうり投げ、ネクタイを足もとに落とし、着ているものを猛烈な勢いで脱ぎ捨てていった。以前はこんなだらしないことはしなかったのだが。彼はリジーに覆いかぶさり、抱きしめた。「君の奔放なところが最高だ……」

リジーはまばたきをしてみせた。その優しい瞳には夫への愛がはっきりと映っていた。あなたが好きでたまらない、とリジーが告げる間もなく、セバステンは妻の目を見てうれしそうにうめき、みずみずしい唇を奪った。

●本書は、2003年8月に小社より刊行された作品を文庫化したものです。

復讐は恋の始まり
2025年2月15日発行　第1刷

著　　者／リン・グレアム
訳　　者／漆原　麗（うるしばら　れい）
発 行 人／鈴木幸辰
発 行 所／株式会社ハーパーコリンズ・ジャパン
東京都千代田区大手町1-5-1
電話／04-2951-2000（注文）
0570-008091（読者サービス係）
印刷・製本／中央精版印刷株式会社
表紙写真／© Victoriaandreas | Dreamstime.com

ISBN978-4-596-72392-5

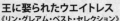

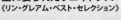